Bernd Hagenbusch

Grand-Hotel Venturini

Für Frau Birgit Kaß!

Bernd Hagenbusch
Grand-Hotel Venturini

Foto: Bernd Hagenbusch
Druck: epubli Verlag

Kontakt:
www. bernd-hagenbusch.de
b.hagenbusch @ web.de

Für Christine

Die einen sagen, Habsburg, das war nicht zum Aushalten. Die anderen sagen, nie war uns wärmer um's Herz als in der kaiserlichen Zeit.

Da alle Recht hatten, konnt' es nicht gut gehen.
Die kleinen und großen Geschichten aus dem ‚Venturini' erzählen davon auf ihre ganz eigene Weise.

Sie beginnen 1911, als der alte Venturini den Mut hat, das feinste Haus im Land einer jungen Frau in die Hand zu drücken.

Sie enden mit dem 28. Juli 1914, als der Kaiser seine ‚lieben Völker' in den Kieg schickt und das Zimmermädchen Paulina im Bügelzimmer des ‚Venturini' ihr Kindchen zur Welt bringt.

GRAND-HOTEL VENTURINI

Bernd Hagenbusch

Der letzte Venturini.

Der Venturini hat sein Grandhotel, immerhin das erste Haus im Land, der jungen Lila Glik in die Hand gedrückt, geschenkt, weggegeben, darf man sagen.

Alle haben geraunt, aber wer den Venturini kannte, hat genickt. Nicht einmal seine Frau hat Einwände gehabt. Sie hat sich zwar eh nie um's Geschäft geschert, die beiden Pudel links und rechts auf ihrem Sofa sind ihr immer wichtiger gewesen, aber die Venturini hätte schon das Recht gehabt zu grummeln. Tat sie nicht.

Er hat es ihr am 13. März 1912 gesagt, beim Abendessen. Ihm war ein Bissen Stör von der Gabel auf den Täbris gerutscht, dann, noch mit dem Stück Fisch zwischen zwei Fingern, den Kopf beinah noch unter dem Tisch, hat er's ihr gesagt.

»Wir geben's der Lila, ja?« Sie hat gestutzt, was er da wohl wieder meint, hat dann genickt, hat nochmal genickt, hat gesagt:

»Giacinto, wann wirst du lernen nicht vom Boden zu essen.«

Das Geld würde reichen, soweit sie wusste, Kinder gab es nicht, soweit sie wusste, und was ihre Ansichten über die junge Frau Lila Glik betraf, ging es der Frau Venturini wie den Angestellten, dic daraus einen Spruch gemacht haben: Die Glik wär' ein Glück. Selbst der Pfau, so heißt der Patissier Tiberiu vom ‚Venturini' wegen seiner Eitelkeit, selbst der Pfau, der behauptet, nicht nur das Cognac-

Sherry Praliné sondern auch die Katzenzungen weit vor dem Gerbeaud in Budapest erfunden zu haben, selbst der Pfau sagt ohne Falsch in der Stimme: »Es scheint, es geht hier endlich voran, ich könnte mich durchringen, womöglich zu bleiben, womöglich ringe ich mich durch, dem Sacher abzusagen, eventuell.«

Einzig eine der sechs Etagenfrauen hat gekündigt, man stelle sich vor, nach achtzehn Jahren im ‚Venturini'! Schuld war nicht das Haus, sondern ein Kisz Bela, ein Palinkabrenner, der hat sie mit sich geschleift, nach Budapest. Die Stadt mag ja ansehnlich sein, der Magyar mag's ja auch gewesen sein, aber nach Budapest aus der schönen Bukowina, noch dazu wegen einem Schnapslmacher, da darf man schon den Kopf schütteln.

Dass Giacinto Venturini die Lust am Chefsein verloren hat, roch man schon lang. Er ließ laufen. Man hat sich Sorgen gemacht, dass er verkauft und die guten Zeiten sind perdu. Der Oblak vom Empfang hat gemeint, es kommt wie beim Tschechow: Alle gehen in die Depression, verkaufen und wollen fort.

Die überfällige Renovierung des großen Speisesaales stößt Giacinto noch an. Aber dann, als es an die tausend Details geht, die dem Gast beweisen sollen, dass er mehr bekommt als er zahlen soll, ist's aus. Er war fürs Spektakuläre nicht für Posamenten. Am dritten Mai 1911 lässt es sich festmachen: Es ist der Tag, an dem er zum ersten Mal in seinem neuen roten Opel 8/4PD aus der Remise rollt. Sehr kurz gesagt, war es das. Der Venturini wollte weder weg noch hatte er's mit der Depression. Er wollte, ganz spitz genommen, nur mehr Autofahren. Auf der Eisenbahn hat er das kirschrote Auto, wie ein Präsent verschnürt, aus Deutschland herfahren lassen.

Der Mann fährt nicht gut. Er fährt gar nicht gut, aber er fährt das erste Kraftautomobil der Stadt. Von jetzt an debattiert die Stadtverwaltung über Gehsteige. Die Pferde vor den Karren, wenn sie von draußen zum Markt kommen, stellen früh die Ohren hoch, lang bevor der Bauer auf dem Bock ahnt, dass der Venturini kommt. Venturinis Frau ist nie mitgefahren.

Giacinto spannt der Garage Ford Romana in Bukarest den besten Automobilmechaniker aus. Der wird dem Venturini für das Auto geradestehen. Jeden Abend muss er den Opel sanft einschäumen, handwarm waschen, abledern, die Leder fetten, jeden Morgen den 5Liter-Tank bis an den Strich befüllen, jeden zweiten Montag das unlegierte Motoröl von Karl Pohlmann aus Corbach im Waldeckschen auswechseln.

Die leider etwas unscharfe Fotografie, wie der Venturini nach der ersten Ausfahrt an seinem Wagen lehnt wie ein Großwildjäger, rechter Fuß am Trittbrett, linker Ellenbogen am Schlag, belegt den Tag, da das Grandhotel ‚Venturini' in Czernowitz den alten Venturini verliert und die junge Lila Glik gewinnt.

Nun bekommt man nirgends von heut' auf morgen und schon gar nicht von jetzt auf gleich ein Hotel geschenkt. Erst recht nicht, wenn es so angesehen ist, die Beschenkte gerade erst neunundzwanzig wird und weder Tochter ist noch Geliebte zu sein scheint. Selbst hier in dieser Stadt, wo allerhand möglich ist, sagt man: Bevor etwas passiert, muss es erst dazu kommen. Viele haben Erotik veranschlagt. Aber es darf behauptet werden, so weit möglich, gehabt hat der Venturini nichts mit der jungen Frau, geraunt wird ja immer. Wer weiß, vielleicht hat er's ja sogar probiert. Warum nicht, er ist noch immer ein stattlicher Mann mit überzeugenden Augen, warmer Stimme und interessanten Gedanken, aber niemand hat ihm Einschlägiges anhängen können. Man hätte auch die Zügel der Frau Venturini unterschätzt. Sie hätt' ihn schon abgezäumt. Außerdem durfte sie aufgrund seiner erotischen Abgeklärtheit gelassen sein. Die Venturini sind zweiundfünfzig Jahre verheiratet, mehr oder weniger gut verheiratet, wie das so geht, so was wirft man nicht leicht ins Feuer. Schon lang vor der Silbernen Hochzeit hat der Venturini gesagt:

»Jetz'is eh zu spät.«

Vielleicht hat er mit der Glik beweisen wollen, dass er immer noch tun kann, was er will. Mag auch sein, er hat in der jungen Frau das Kind gesehen, das er nicht gehabt hat. Sie selbst hat es nicht darauf abgesehen, die Rolle mochte sie nicht, vom Tochtersein hatte sie genug.

Im März 1911 fällt ihm der Stör von der Gabel. Mitte April zeigt er der Lila die Bücher. Ende April ist es in der Stadt herum. Im Mai kommt sein Automobil. Im Juni inthronsiert er die Glik. Das ist immer noch ein ruhiges Jahr für die Stadt, obwohl man hier und da schon zu murren beginnt, die Rumänen nachts ihre Flinten putzen, die Garnison öfter ins Biwak geht und die Bordelle zunehmend teurer werden.

Das erste Glanzstück vom Venturini ist, dass er es der Lila zutraut. Sein zweites ist, dass er es wahr macht. Unseres Wissens hat Europa dergleichen bis dahin nicht gesehn.

Er hat die Lila früh in den Blick genommen, schon als Sechzehnjährige, Jahr um Jahr behält er sie im Auge, hält sie im Gleis. Wer weiß schon, ob und wie oft er auf die Zähne hat beißen müssen. Als sie sechsundzwanzig ist, fragt er sich zum letzten Mal, ob es klug oder narrisch ist. Dann sagt er sich, sie ist das Beste, was dem Haus passieren kann.

»Muss ich mir einen Hergekauften von irgendwo ins Nest setzen?«, hat er gesagt, »einen Hoteloberfirlefanz? Einen Studierten? Einen Frackgockel? Gar einen Wiener? Das Haus wird schon wissen, wen es will, hab' ich gedacht. Es hat die Lila vom ersten Tag gewollt, basta. «

Als der Opel kommt, kommen die Spekulanten, Investoren, Hoteliers, die noch nicht genug haben. Allen fällt nichts Besseres ein, als den Giacinto darauf aufmerksam zu machen, dass er das beste Hotel zwischen Wien und Kiew einem Zimmermädchen nachwirft. Einer sprach von senilem Schwachsinn. Und das im Beisein vom Venturini.

Er hat sie nach Haus geschickt, einen nach dem anderen, selbst den Anwalt vom Rothschild aus Lemberg. Der hatte sehr eindringlich gewarnt, die junge Frau Glik sei schließlich kein Mann. »Danke«, hat Giacinto Venturini gesagt, »daran hab' ich noch gar nicht gedacht.«

Man täusche sich nicht, der Giacinto ist kein Unvernünftiger. Sein Stammbaum ist seit dem sechzehnten Jahrhundert mit Geschäftssinn gefüttert, da halten sich Augenmaß und Courage eisern in Schach.

Die Venturini beginnen in Triest, damals. Der Erste, auch ein Giacinto Venturini, holt eingesalzene Kapern aus Pantelleria vor Sizilien, lässt sie von albanischen Seglern nach Ragusa liefern, lässt sie in winzige Nauen umladen, die von Hafen zu Hafen die Adria hinaufkriechen, bis niemand mehr weiß, woher so excellente Ware kommt. Die Herkunft der feinsten Kapern Europas bleibt mehr als zwei Generationen lang das goldwerte Geheimnis der Familie. Spätere Venturini liefern von Triest aus bis in den tief in den Osten, verkaufen da nicht nur ihre Kapern sondern auch Genueser Samt, tasten sich vor, bis hinaus nach Kasan, bis hinunter nach Samara. Noch mehr gutes Geld verdienen sie jahrelang mit roten Korallen aus Tabarka. Schließlich eröffnen sie ihre Dependance in Czernowitz, stellen fest, hier ist mehr zu holen als an der Adria, wo Venedig den Daumen auf alles legt, was sich im Wasser bewegt. ‚Ogni merce che entra nell' Adriatico o esce dall' Adriatico deve toccar Venezia' heißt die Knebelei kategorisch. Hier aber, im scheinbar abseitigen Winkel, wo sich allerdings die Straße von Odessa nach Danzig mit der Straße von Nürnberg nach Kiew kreuzt, ziehen tausend Geschäfte an den Adlernasen der Dogen vorbei. Felle kommen vom Altai, Zobel aus Sachalin, Kaviar aus sibirischen Flüssen, Seldschuken schleppen Stoffe heran, die die Welt noch nicht gesehen hat. Der Dumas, der's selbst erlebt hat, schreibt in seinem ‚Schneeball', es gäb' keine köstlicheren Seiden. Die ersten leuchtend farbigen Tarmalama tauchen auf, durchwirkt mit Silber- und Goldfäden zwischen Perlen und Glaskugeln, gewickelt in schwere Ballen, ein Fest für die Augen der Frauen, denen ein Tuch nicht aufregend genug sein kann. Dazu kommt Bernstein in Säcken von Tallin über Danzig herunter, Arzneidrogen aus dem Hindukusch tauchen auf, gezahlt wird in allen Währungen, selbst Dukaten vom Fugger werden noch genommen, wenn sie die Bissprobe bestehen, Taler vom Tucher, aus der Mode zwar, aber bestes Silber, in der Kasse vom Großvater Giacinto haben sogar noch steinalte Silberstabrubel gelegen und ganz zuletzt Zettelkredite der Commerz- und Disconto-Bank aus Hamburg. All das ölt die Geschäfte, zerknitterte Wechsel wandern von einem Negoziierer zum nächsten. Macht man ein fettes Geschäft, lässt man Armenier Musik machen, über gekreuzte Säbel tanzen, versäuft den Gewinn in einer Nacht mit dem ‚Ararat' aus Jerewan, lässt sich am nächsten Morgen vom Türken einen Mokka auf heißem Sand hochschäumen, süßt ihn mit einem Spritzer Rosenwasser und schaut im Lager nach, was es noch zu verkaufen gibt. Geht's gut, macht man Rebbach, geht's schlecht, heißt's Machulle.

Handel hier, das ist immer schon Hoffnung gewesen, oft nichts als das. Selbst der Tausch von fünf Heringen gegen zwei Perlmuttknöpfe weckt gleich Zuversicht bei Hungerleidern auf den nächsten Tag.

Über die Jahrhunderte, in denen die Venturini sich hier zwischen den großen und kleinteiligen Kaufmannssippen hindurchschlängeln, sind ihnen harte Ellenbogen gewachsen. Da sind Händler, vor deren Tatarenschläue sich selbst die Rothschilds schon immer gefürchtet haben, mit allen Wassern des Kommissionsgeschäfts gewaschene Prozentfüchse, die mit dem Abakus rechnen als wär's Harfenspiel, die alles kaufen und verkaufen, was bei Tag und Nacht bewacht oder unbewacht am Weg liegt oder unterwegs ist, die keinen Unterschied machen, ob Seide, Sprotten oder Vollblüter, die dabei stinkend reich werden oder stinkend arm bleiben. All das macht die Venturini nicht dümmer. Der Großvater vom Giacinto rudert endlich nach seinem Herzinfarkt in ruhigeres Fahrwasser, abseits vom Gewusel der Händler. Großvater Lorenzo Venturini baut das Grandhotel und holt so die Familie aus dem Feuer. Von jetzt an gibt man den betuchten Händlern, Schiebern, Wechselakrobaten teures Bett und feines Logis. Sein Sohn, der Vater vom Giacinto, hätte mit seinem Erbe im Rücken beinahe eine echte Sayn-Wittgenstein heiraten können, das wäre eine imposante Hinaufheirat ins Adlige gewesen. Zum Glück aber verliebt er sich in eine handfeste rumänische Kaufmannstochter aus Suceava, die ihm den Giacinto schenkt.

Schließlich also der Enkel, der letzte Venturini, Giacinto, kinderlos, aber der erste Autochauffeur der Bukowina. Bleibt die Frage, was wird aus dem Ganzen, aus dem Vorzeighotel mit der jungen Frau an der Tête, jetzt, neunzehnelf. Die Zeiten scheinen noch einigermaßen passabel. Aber man weiß, dass so was nie lang dauert.

Lila, warum die Lila.

Die Geschichte vom Giacinto lässt sich kerzengerade erzählen, kinderleicht, kann man sagen. Anders geht's mit der Lila Glik. Man kann so genau hinschaun wie man will, es lässt sich nur in der Summe festmachen, wie die Lila den Venturini, sagen wir ruhig alle im Haus, auch die von draußen, nicht nur die jungen Hähne, im Grund die ganze Stadt, um den Finger wickelt. Es gibt nur Fließendes zu berichten, alles läuft stufenlos ineinander. Da ist manches, was in ihre Geschichte hineingehört, aber nichts macht Spektakel.

Eine ordentliche Kinderstube bringt sie mit. Wenngleich, da geht es schon an, es ist keine ganz heile. Der Papa kann was, ist ein stolzer, oft Tag und Nacht gefragter Mann. Simon Glik ist einer der beiden Ärzte für die Kinder der Stadt. Sein Ruf geht bis an den Rand der Karpaten, bis hinunter nach Kreuzburg an der Bistritz. Der andere, auch er ein Tüchtiger, auch ein Jud' wie jeder zweite Arzt in der Bukowina, der ist aber nicht von hier, sondern von ganz östlich, aus Bessarabien, hat sehr schwarze Augen, einen sehr schwarzen Bart, dazu noch ein Töchterchen mit einem Hinkebeinchen, weshalb man dem Mann nicht so leicht sein Kindchen anvertraut, die Leute sind so. Dagegen stützt sich Simon Glik auf eine Expertise, die wie keine zweite zählt: Neun Kinder hat er gebraucht, um vier durchzubringen, drei Söhne und die Lila. Seine Karriere lässt ihm gerade noch Zeit, dem letzten Vaterstolz den nächsten hinzuzufügen. Sein Ruf wächst wie sein Pensum. Das Laudanum aus seinem Arztschrank kommt ihm bald regelmäßig zu Hilfe. Seine Kinder blicken zu ihm auf, auch wenn sie ihn kaum zu sehen bekommen. Lila sagt später, sie kann sich nicht erinnern, auf seinem Schoß gesessen zu haben.

Die Mama, Anna Glik, geht in ihrer Bestimmung auf, wie die Bestimmenden sagen. Sie geht auf, auch äußerlich, aber ihr Gesicht ist immer noch so hübsch, wie auf dem Foto, wo die Fünfzehnjährige ihre Violine falsch herum hält und den Bogen unter der Nase herstreicht. Mit Siebzehn hat Anna das Andante aus der A-Dur Fantasie vom Telemann geschafft, sie hat zwar weiter und weiter geübt, eine Dreiviertelstunde täglich war immer nur für ihre Geige und ihr bisschen Seelenruhe da, aber ihr Ziel, die Chaconne vom großen Meister, die hat sie sich irgendwann abgeschminkt. Sie hat sich nicht beklagt, hat gesagt: Was ist die Chaconne von Bach gegen meine Orgelpfeifen. Von Wochenbett zu Wochenbett fällt es Anna Glik schwerer wieder auf die Beine zu kommen. Nach dem Vierten stellt Simon Glik eine zweite Kinderfrau ein, das Fünfte bleibt nicht einmal bis zum ersten Geburtstag, nach dem Sechsten kommt eine neue Zugehfrau, für das Siebte hat man noch nicht einmal einen Namen suchen müssen, drei Monate nach dem schweren achten Kindbett sagt Annas Arzt dem Simon Glik scharf ins Gesicht, er soll gefälligst den Hahn zudrehn, wenn er seine Anna nicht begraben will. Aber da ist das Neunte schon unterwegs. Anna Glik wird ein Schatten, findet keine Luft, muss zusehen, wie ihr Letztes nach ein paar Monaten noch müder wird als sie selbst, bis hin zum kleinen Schluss.

Hanna Glik, die kleine Schwester des großen Doktors, Lilas Lieblingtante, hat das lang kommen sehn. Jeden Sommer lebt Hanna Glik für drei Wochen in dem schönen Haus des Bruders, um auszuhelfen. Sie traut sich ihm zu sagen, dass er seine Frau zuschanden liebt. Er hat ihr gesagt, sie soll heiraten, soll Kinder haben solang's noch geht, dann würd' sie sehen, wozu sie da ist. Hanna Glik kommt dennoch in den Sommerferien, der Kinder und ihrer Mutter wegen, vor allem aber wegen Lila.

Hanna Glik leitet die Erste Schule für Höhere Töchter der Stadt. Es steht nicht auf dem Lehrplan ihres Lyzeums, aber sie stiftet junge Mädchen an weiter zu denken als die Lehrplankommission erlaubt. Das bringt Pädagogengezeter bis nach Wien, Hanna Glik schert das nicht. Sie sagt, wozu alte Männer bekehren, wenn's um junge Frauen geht. Ein Konsistorialrat Hacker aus Lemberg hat sich vor der Hanna gleich schriftlich zum Hanswurst gemacht. In Steilschrift sondert er ab: ›Alle Bildung zu gelehrten Damen, auch schon die Bewirkung einer starken Neigung zur Beschäftigung mit Wissenschaften, muß ernsthaft vermieden werden.‹ Einen Moment lang hat die Hanna Glik gedacht, sie rückt dem Schmock auf's Fell.

Für die Tante ist die Nichte im Grund wie die Tante. Es müsse nur noch dies und das hineingepflanzt und dies und das herausgejätet werden, das Abziehbild wäre perfekt. Äußerlich käm's zwar nicht dazu - die Tante ist klein, tropfenförmig, Lila wird sicher ein langes Gewächs, aber in vielem gleichen sie sich: Beide fassen das Leben bei den Hörnern. Keiner im Haus schnürt den Jüngsten die Stiefel so schnell wie die Lila. Sie rechnet den Dreisatz schneller als Florim, obwohl der Bruder zwei Jahre älter ist. Sie hat alle Namenstage und Geburtstage im Kopf, den der Hannatante dazu, acht also, wenn wir richtig zählen.

Hört man so etwas, wird man stutzig, so ganz gefällig kommen einem weder der Ehrgeiz des Tantchens noch die Frühreife der Nichte entgegen. Aber vielleicht sind wir da nur neidisch.

Die Tante hört, wie der Papa die Tochter fragt, wohin er seine Manschettenknöpfe verlegt hat, sie hört, dass Lila die Arztbriefe fürs Krankenhaus bitte gleich noch abschreiben soll, sie hört, wie Lila da sagt, er soll nächstens deutlicher schreiben, das Lateinische wär' in der Schrift nicht zu entziffern und manches hätt' er anders geschrieben, als es im Lexikon steht. Die Tante hört, wie Lila dem Vater sagt, er soll ihr fünfundsechzig Kronen hinlegen, sie muss die Gardinenrechnung zahlen. Lila hier, Lila da, wenn man nicht achtgibt, frisst's einen auf.

Hannah Glik geht ihren Bruder an, die Lila soll zu ihr in die Schule.

»Lass' sie was lernen«, sagt sie zu ihm, »damit sie später nicht dümmer ist, als der, den sie mal kriegt.«

Lila horcht, hinter der Tür, wie die Tante auf ihren Bruder los ist: »Herr Doktor«, hört Lila »du bist ein Rabenvater, du willst nur nicht, dass dein Mädchen schlauer wird als du. Sei einmal vernünftig und gib sie mir, mach sie nicht zum Trampl.«

Simon Glik mag die Schmeichelei, findet auch, dass Lila eine Kluge ist, aber aus dem Haus soll sie nicht. Sie wird bei der Mama gebraucht. Bleiben soll sie, sagt er, bis er sie erstklassig versorgt hat.

Lila ist also an der Seite der Mama, sobald sie aus der Schule kommt. Ein Husten der Mama will nicht gehn. Ab Spätsommer hört man, was für ein Husten das ist. Nichts hilft, nicht einmal die Stutenmilch schlägt an, die Simon Glik jeden Tag vom Gestüt in Radauz holen lässt. Nicht lang, da steht der Mann mit seinen Orgelpfeifen im Novemberregen an der Grube.

Selten, das haben alle Frauen gesagt, hat man ein Lob auf die Mutterschaft gehört wie in der Ansprache des jungen Rabbi, bevor es mit dem groben Kiefernsarg hinaus in den lehmigen Schlamm zum Begräbnis geht:

» ... ist sie ihrem Ideal nicht nur gefolgt, hat es gelebt, hat ihre Aufgabe angenommen, ihren vornehmsten Beitrag zu leisten, zu leben um Leben zu geben. Sie gibt Leben um Leben, sie nährt, kocht, füttert, wacht Tag und Nacht in heiliger Selbstlosigkeit, hütet und behütet jedes Anvertraute, stellt sich klaglos hintan, näht, wäscht, lehrt und erzieht, tröstet und heilt, weint und scherzt mit jedem einzelnen Kind, ihrer gesegneten Natur folgend, unermüdlich, ohne Rücksicht auf sich, ohne kleinliches Schielen nach

Lob und Dank, gibt sie uns das leuchtende Beispiel für die Aufopferung des Weibes an ihr höchstes Ideal, Mutter zu sein, ... ».

Man staunt, zu welcher Einfühlsamkeit ein so junger Rabbi fähig ist, sagt ihm eine große Zukunft voraus. Hanna Glik wäre am liebsten mit dem triefenden Schirm auf den Schwadroneur los.

Simon Glik hat sich auf die Suche gemacht, der Kinder wegen. Er findet Frauen, aber keinen Ersatz. Welche Frau hat schon den Mut sich vor vier Kinder zu stellen und zu sagen: Ich bin jetzt eure Mutter. Eine neue Zugehfrau kommt ins Haus. Die Kinder suchen nach dem Boden unter den Füßen, der Vater den Halt an den Kinderbetten im Land und am Laudanum im Schrank.

Dann bekommt er eine Berufung, die er nicht ablehnen darf. Zusammen mit Prof. Pirquet wird er die Kinderstation des neuen Allgemeinen Krankenhauses in Wien zu Weltruhm bringen. Dafür gibt er seine eigenen Kinder fort. Die beiden Ältesten schiebt er ins Internat, gibt Lilas jüngere Schwester in den Haushalt des Schwagers und ruft endlich nach seiner Schwester Hanna. Lila kommt zur Hannatante, da ist das Mädchen vierzehn.

Drei Mal im Jahr macht Simon Glik die Runde zu den Kindern, bringt für Lila eine Puppe aus Porzellan, die Beine und Arme bewegen kann, gibt sich Mühe, bleibt ein paar Stunden, aber wenn er wieder weg ist, war er kaum da. Ein Glück ist, die Tante kann, was der Vater versäumt hat: Sie ist dem Kind nah und spricht zu ihm, als wär's schon groß. Daran ist die Lila gewachsen.

Aus ihrem Mansardenfenster im Haus der Tante hat Lila in das Fenster vom Lockenjakob auf der anderen Gassenseite geschaut. Es fliegen ziemlich rasch Luftküsse. Der Flötenstudent hat genau gewusst, wie man den Mund spitzt. Nicht lang, da öffnet der Lockenjakob eines Nachmittags drüben sein Fenster, nimmt die silbrige Flöte aus dem Etui, verbeugt sich und spielt der Lila die Sonate in C-Dur vom Locatelli herüber, mit nur einem Holperer, der nur dem Locatelli aufgefallen wär‘. Nun kennt das ja jeder, dass die Gedanken zügig von der Musik fort wandern, egal wer spielt, egal was und wie‘s da tönt, der Kopf zieht schon nach wenigen Takten los. Auch die Lila kommt bald vom Zuhören ab, träumt, dass der Musikus lieb und vielleicht kein Rattenfänger ist, ein braungelockter Pfeifer, der nach den Luftküssen, Locatelli hin, Locatelli her, sicher auf die echten aus ist.

Der Lockenjakob ist nur einen Monat darauf nach Wien zur Hofmusikschule abgegangen, mit Rucksack und Flötenschachtel, weil er die Aufnahmeprüfung am Konservatorium der Gesellschaft der Musikfreunde in der Bösendorferstraße bestanden hat. Kein Wörtchen haben die beiden gewechselt gehabt. Den Locatelli hat sie vergessen, den Lockenjakob nicht. Manchmal hat sie ihn heute noch im Fenster.

In der Schule der Tante sitzt Lila drei Schuljahre lang neben der dicken Tochter des Freiherrn Nicu de Floidur. Der ist einer der wenigen Adligen der Bukowina und seine Tochter ist damit automatisch vornehm, kaiserlich verbrieft.

Helene Sofia Valeria Ema de Floidur wird Lilas beste Freundin. Für keine der beiden gibt's Extrawürste. Im Gegenteil, gerade weil die eine Adlige ist und die andere eine Nichte der Prinzipalin, wird beinhart gelernt, selbst bei Blitz und Donner wird durchkonjugiert und nur weil das Eis auf dem Teich hinter dem Lyzeum unter einem Schlittschuhläufer einbricht, darf keine ans Fenster um zuzuschauen, welcher Bub da herausgefischt wird.

Im Lehrplan hat Hanna Glik zwei trojanische Pferde aufgezäumt, die bis ins Unterrichtsministerium galoppiert sind: Im Fach Rechnen tauchen vor den Augen der Höheren Töchter plötzlich erste kaufmännische Aufgaben und Grundlagen allgemeiner Buchführung auf.

Noch ärger, die jungen Damen erfahren, was es mit der höchst körperlichen Seite der Naturgeschichte auf sich hat, die sie allmonatlich selbst erleben. Die Mädchen werden rot, kriechen anfangs ein wenig in sich hinein, aber sie brauchen danach ihren gschamigen Mamas nicht mehr mit heiklen Fragen zu kommen.

Lila schlägt sich nicht hervorragend aber gut genug, dass Hanna Glik mit dem Zeugnis zum Venturini geht. Giacinto Venturini und die Frau Glik schätzen sich. Sie gibt Absolventinnen gern zum Venturini ins Hotel. Da kommt so ein Mädchen an eine erstklassige Arbeit, ohne dass man um sie fürchten muss.

Institut für Höhere Töchter

der Stadt Czernowitz

Abschlusszeugnis Lila Glik

Fleiß und Fortschritt in den einzelnen Fächern:

Religion	gut
Deutsch und Literatur	gut
Französisch	gut
Geographie	gut
Naturgeschichte	genügend
Naturlehre	gut
Schreiben	gut
Rechnen	sehr gut
Zeichnen	genügend
Singen	sehr gut
Handarbeiten	genügend/gut
(franz. Conversation)	genügend/ gut

Czernowitz 30. März 1889

Maria Calescu, Klassenlehrerin

»Wo soll ich sie hintun?«, hat Giacinto Venturini die Hanna Glik gefragt, ohne das Zeugnis auch nur anzuschauen.

»Wo's brennt«, hat Hanna Glik gesagt.

Venturini bringt die Absolventin der Höheren Töchterschule zu den Hotelwäscherinnen. Die starren seit drei Wochen auf die neue dampfbeheizte Maschine von Stute & Blumenthal aus Hannover-Linden, deren Trommel einhundert Kilogramm Kochwäsche in einem Rutsch waschen kann. Die drei Frauen haben eine solche Angst vor dem Blechelefanten, dass sie ihn noch kein einziges Mal angerührt haben, bis der Venturini dahinterkommt. Mit seinem Fluchen hat er die Wäscherinnen noch mehr verschreckt. Dann hat er dem Mädchen, – wirklich, es ist ihr erster Tag – das Heft mit der kleingedruckten Anleitung in die Hand gegeben und gesagt »Lies und mach'.«

Nicht lang und die Schwarze gehört zum Haus. Der Name taucht zuerst nur im ‚Venturini' auf. Nicht lang, da ist sie überall die Schwarze.

Das Schöne an Schwarz.

Die Glik wird sicher eine Schöne, aber keine von den Glatten. Bald heißt sie auch bei den Männern in Czernowitz die Schwarze. Man nimmt hin, dass es für Fremde verrucht schimmern könnte, was allerdings die Czernowitzer – und nicht nur die Männer – glatt von sich weisen. Die Vornehmen sagen schon jetzt, wo sie auf die Siebzehn geht, sie würd' eine Aparte und meinen, das käme der Sache näher. Sie wär' schlicht ganz anders. Man nickt zwar sofort, aber schlauer ist man dennoch nicht. Ein Diakon vom Dom wird sich später beim Klassentreffen hinreißen lassen und das Aparte an der Lila theologisch andrechseln: Bei der Schwarzen wären Leib und Seele ein gelungenes Gespann. Womit nur gesagt sein soll, dass sich selbst der Klerus wärmende Gedanken gemacht hat.

Der Brennstoffhändler Jacek Kopitsch und der Juwelier Minas Auris haben sich über die Schwärze von Lilas Augen in die Haare gekriegt: Der Auris hat geschäumt, als der Kopitsch sagt, Lilas Auge, das wär' wie Fettkohle. Der Juwelier nannte das eine Herabsetzung. Wenn überhaupt, hat der Juwelier gesagt, seien die Augen der Lila schwarz wie das Akanthit, aus dem man das Silber macht, aber das könne ein Kohlesack ja nicht wissen.

So oder so, man darf ruhig noch weiter ins Dunkle gehn: Aus dem Stimmbruch kommt die Lila mit einer Altstimme. Es sind nicht die unempfindlichsten Herrn, die sagen, dass der weibliche Alt einen leicht aus dem Gleis trägt. Mag sein, weil der Alt rarer ist als der Sopran und der Allerweltsmezzo, die sich ja auf jedem Gemüsemarkt, in jedem Fleischerladen wortreiche Gefechte liefern. Dass der Tschaikowski seiner ‚Pique Dame' einen Alt auf's Korsett schreibt, ist sicher auch kein Zufall. Soll nur heißen: Dass unterschiedliche Herren später vor der Schwarzen niederknien, liegt auch an ihrer Stimme.

Man kommt schlecht über die Glasur solcher Titulierungen hinaus, immer klebt ihnen ein flaches Etikett an. Es wär' ungerecht, den Männern bös zu sein. Die Schwarze ist ihnen nicht bös. Man kann sagen, sie hat's als Prädikat gesehn. Und schon deshalb muss man fragen, warum gerade so eine sich nicht bald einen der Hähne nimmt, die um's ‚Venturini' herumstreichen, seit sie da ist. Man kann ja nicht sagen, dass es zufriedener macht, für ein Hotel da zu sein als für einen jungen Mann. Selbst wenn es ein so berühmtes Haus wie das ‚Venturini' ist, man ist doch hundsallein. Auch wenn man alle Hände voll zu tun hat, möchte man gern seine Patschn in andere legen. Ist es nicht so ?

Aus den Luftküssen ist sie schnell heraus. Heute hat sie Expertise. Es ereignen sich, in losen Abständen, Ausflüge ins Männliche, aus denen sie, zerzaust manchmal, aber nie gerupft, herausfindet.

Mit großer Lust übertreiben die Stammtische die Anzahl derer, die mit viel Bravour bei der Schwarzen angeklopft und mit nassem Auge abgefahren sind, man erwartet den nächsten nur um wieder sagen zu können, man hätt's ja gleich gewusst. Es ginge gar nicht um die Frage, wer sie kriegt, sondern wen sie nimmt, wenn überhaupt, denn in Wahrheit gehört sie allen. Man duldet nicht, dass zwei- oder gar eindeutig über die Frau geredet wird. Dem Postler Kopatschnigg, der in der Kutscherstube vom ‚Venturini' beim Schnapsln behauptet, sie müsse achtgeben, sie wär' ja doch schon bald ein gehenktes Mädchen, wird geraten sich an einen anderen Tisch zu setzen.

Ecco, ich wusste du machst es.

Mit sechzehn ist Lila Glik also in das ‚Venturini' hineingeglitten wie in einen weichen Handschuh. Das Lebewesen ‚Venturini' ruft sie vom ersten Tag an die Stellen, wo es ihr zeigt, was ein Hotel zu einem besonderen Hotel macht: ein halbes Jahr Wäsche-, Bügel- und Rollzimmer, ein Jahr Servierfräulein im großen Café, zwei Jahre Zimmermädchen, zwei Jahre in der Abrechnung. Im Haus ist man schnell dahintergekommen, dass man die Lila gut zum Venturini vorschicken kann. Dem Pfau hat sie fünfzehn Bögen Blattgold besorgt. Er hat sich hinter die Lila gesteckt, hat ihr gesagt, er will dem goldumhüllten Gerbeaud Cake etwas entgensetzen. Entgegensetzen, hat Lila gesagt, das klingt wie zweite Wahl. Der Maitre Tiberiu kopiert nicht, hat Lila gesagt, neu erfinden und übertreffen werden Sie den Goldcake, ganz bestimmt, Maestro. Obwohl, bis auf die quadratische Form und die feine Oblate mit dem geprägten V in der Mitte kommt der ‚Venturini d'Or' dann am Ende doch dem Stolz vom Café Gerbeaud am Vörösmartyplatz ziemlich nahe. Ohne die Lila hätte der Pfau auf Knien vor dem Venturini rutschen können. Blattgold? Wer sind wir denn! Lila hat den Venturini schließlich bei der Vaterlandsliebe packen können: »Was Budapest kann, können wir schon lang, « – hat sie gesagt, »wir müssen's nur zeigen.«

Das Blattgold liegt jetzt im Safe vom Venturini, der Pfau muss jede Entnahme unterschreiben. Leute, die aus Budapest heimgekommen sind, haben dem Venturini gesagt, er soll den Gerbeaud des Plagiats verklagen.

Auch die unsinnig teuren Stoffservietten hat Giacinto der Lila durchgehn lassen. Minsker Leinenfabrikanten haben sich im Restaurant an die Lila gehängt, als sie im Venturini Station auf dem Weg zur Messe in Mediasch machen. Es wär' standesgemäß, dass so ein hervorragendes Restaurant ein feines Stofftuch zum Geschirr deckt. Die Minsker legen ein fertiges Muster auf den Tisch, bestes Leinen, schon im Voraus bestickt mit dem schönen V, darunter vier Sterne, bitte schauen Sie, im eingewebten Goldfaden. Die Lila hat das Tuch dem Pfau, dem Oblak vom Empfang und dem ersten Saalkellner vorgelegt. Die drei sagen nicht: Gehen wir zum Chef. Die drei sagen: Geh.

Servietten sind Lappalien? Na, was macht das Leben denn aus! Was bringt es denn zum Leuchten?

Der erste Saalkellner hat gleich nachgelegt und die Lila instruiert: Wenn man schon die Frankfurter Zeitung, die Wiener Neue Presse, ja sogar den Figaro vom Vortag auslegen kann, sogar die Times aus London, in diesen rauflustigen Zeiten, hat er gesagt, dann bitte, nicht als fliegende Knitterblätter, na, als hätt' schon einer drauf gesessen, sondern glatt eingespannt an Stäben aus Bukowiner Buche. Venturini hat sich die Lila angehört, eine Nacht drüber geschlafen und gesagt: Ja, aber zwei Quittungen.

So geht's hin, eins kommt zum Andern. Für ein ganzes Jahr verschiebt der Venturini die Neunzehnjährige in sein zweites Kaffeehaus, ins ‚Alltag', weit weg vom eleganten Grandhotel am andern Ende der Stadt. Venturini hat gesagt, die Stadt braucht nicht nur ein Café für die Crème, sondern auch eins für die Verlängerten, die Kutscher, Rauchfangkehrer, für die Studenten, Kleinschieber, Sozialisten und Luftmenschen, fürs kleine Bier um zehn und den letzten Liter vor der Sperrstunde. Venturini hat gesagt, um im ‚Venturini' was zu werden, muss man's im ‚Alltag' geworden sein.

Der Pfau erlöst die Einundzwanzigjährige aus dem ‚Alltag', verlangt sie zurück ins große Haus. Für zwei Jahre darf er Lila zwischen seine Torten und Petit Fours stecken. Dann ruft der alte Czerny sie in die Küche, zwei Jahre schneidet sie ihm Zwiebeln, putzt Schwammerln, rührt Saucen, schreibt Tageskarten in Schönschrift, kalkuliert Einkäufe nach Budget. Man darf sagen, dass sie dem Czerny solch eine Hilfe war, dass er ihretwegen seine Pension hinausgeschoben hat und der beste Zwiebelrostbraten im Kronland weiterhin auf den Goldrandtellern vom ‚Venturini' dampft.

Als Lila fünfundzwanzig ist, holt der Oblak sie nach vorn in den Empfang. Den Empfang macht sie, bis sie achtundzwanzig ist. Dass der Oblak sie dann weglobt, ist Eigennutz. Er erreicht beim Venturini, dass sie Hausdame wird und die elf Zimmermädchen durch die Etagen lenkt, damit ihm, dem Oblak, keine Klagen mehr an den Empfang kommen, wegen unfertiger Betten, gestohlener Handtücher, den ewigen Brandlöchern in den Tischdecken.

So ist die Schwarze von Anfang an durchs ganze Hause geweht worden.

Lila Glik ist neunundzwanzig, als Giacinto Venturini ihr zeigt, wohin die Reise geht. Am 5. Juli 1911 ruft er sie ins Kontor, sagt ihr, sie soll sich in seinen Sessel setzen. Da hat noch keiner sitzen dürfen. Er zeigt ihr die beiden Bücher, das zweite hat noch keiner sehen dürfen. Eins ist für die Steuer, das andere ist für den Venturini. Was die schwarze Buchhaltung einbringt, will er dokumentiert haben. Er zeigt Lila, wie er das mächtige ‚Venturini' am Fiskus vorbeischiebt. Die Kluft zwischen den Zahlen beider Bücher ist derart unverschämt, dass man fragen darf, ob bei der Steuer jemand amtlich tätig ist.

Venturini hat nur gesagt:

»Ein Luxushäusl bringst du nur durch schlechte Zeiten, wenn du‘s in guten bescheiden fiskalierst.«

Er hat das Beispiel mit den Stoffservietten genommen, als wär’s seine Idee gewesen.

»Ich hab‘ immer schon den Gedanken, dass es nicht der Sinn einer Serviette ist, sich das Maul zu wischen. Nimm an, Lila, es geht bergab mit den Zeiten, dann geht’s auch bergab mit den Gästen. So was passiert. Dann wirkt unser feines Tuch, es wirkt auf die Leut‘ wie ein Seltzer. Solang du mit einem solchen Tuch speist, geht’s dir noch gut.«

Er blättert zu der Seite, in die er einen gelben Zettel gelegt hat: »Schau, manchmal müssen wir auf die Zähne beißen. Der Direktor Konsila von der Steuer prüft persönlich bei uns und der prüft uns jedes Jahr gern. Er rückt mit drei Sekretären ein, damit die auch ihren Spaß haben. Alle vier sind Fresser. Sollen sie ihr Sodbrennen haben. Man muss das sozial sehen.« Venturini legt seine große Hand auf die Seite, die es in dem anderen Buch nicht gibt. Sein Zeigefinger fährt die sauber angelegte Liste entlang:

Haluschkysuppen	5
Gebackene Karpfen (mit Sauce Tartare)...	2
Kriwetkimajonaise..	4
Lemberger Kapauner(Salat, Compot).........	4
Gemischte Käse..	4

Kiewer Torte	1
Baba au rhum	5 Port.
div. Schnäpse	1 Fl.
Bier	3 L.
Veuve Cliquot	1 Fl.
div. Weine..............................	2 Fl. weiß
....	3 Fl. rot
Kaffee	12 Gedecke
Havanna-Cigarren verraucht	12 Stck.
eingesteckt	20 Stck.
Hercegovina Flor Cigaretten verraucht ..	38 Stck.
eingesteckt..........................	4 Dos. á 20

Man kann sagen, mit der Beichte der Bücher hat der Venturini der Lila das Zeichen gegeben. Da hat er das Hotel beim hellen Tageslicht aus der Hand gegeben. Er hat es genossen. Mit den Büchern geht es bis zum späten Nachmittag. Dann schließt er sie und sagt, sagt wortwörtlich:

»So, Lila, du weißt jetzt, wie's geht. Ab jetzt musst du das ‚Venturini' machen. Ich mag nimmer.«

Als hätt' er gebeichtet, so leicht hat er sich gefühlt.

Sie ist da gesessen, in Venturinis Sessel, die Hände im Schoß, hat nichts gesagt, hat nichts verstanden, wusste gar nichts. Der Venturini ist hinter sie getreten, hat beide Hände fest auf ihre Schultern gelegt.

»Du wirst es gut machen und dann wirst du's haben. Ich verfüg's. Machst du's?«

Sie hat nichts gesagt, nicht einmal genickt. Der Venturini hat seine Hände von ihren Schultern weggenommen und gelacht: »Ecco, ich wusste, du machst es.«

Der Page und sein Engel.

Neunzehnzwölf, ein halbes Jahr nachdem Giacinto Venturini die Schwarze aufs Pferd gesetzt hat – so hat die Stadt die Geschichte genannt – ist das Haus mit einem Mal auf dem besten Weg in die Gosse. Ausgerechnet Giacinto selbst, der doch nichts mehr mit dem Geschäft zu schaffen haben wollte, wär's Schuld gewesen. Ein elegantes Brieflein kommt an ihn persönlich adressiert - er hätte es der Lila weiterreichen sollen, hat er nicht, war doch zu neugierig, allein wie's daherkam: Auf feinem Japan-Papier mit einem zartem Kranichmuster am Rand, es duftet nach weißen Pfirsichen, ersucht Yulia Demikadze den Giacinto Venturini in ausgesuchtem Ton um ein persönliches Gespräch unter vier Augen. Unten steht gezirkelt: Ich versichere Sie meiner höchsten Wertschätzung. Das Billett und die geradezu kalligraphische Handschrift haben ihm so imponiert, dass er drauf reingefallen ist.

Sie möchte ein Konzept vorlegen, schreibt Yulia Demikadze dem Venturini, es sei in der Lage, dem Grandhotel ‚Venturini' auf viele Jahre eine vollkommen neue lukrative Perspektive zu eröffnen.

Wie gesagt, Giacinto hat die Lila nicht ins Boot geholt. Vielleicht hat er doch noch einmal ein ganz großes Rad drehen wollen. Er hat sich nach der Demikadze erkundigt. Die Dame ist nicht unbescholten, aber wer ist das schon, man findet ja immer was. Die Wenigen, die glauben etwas zu wissen, munkeln Pikantes. Als Graf von Schitz mit den Augen rollt und meint, es ging um außerordentlich gehobene Schweinereien, die weit über seine Brieftasche gingen, ist Giacinto erst einmal froh, die Lila aus dem Spiel gelassen zu haben. Der dicke Szedlitz, der Besitzer vom größten Sägewerk rundum, schnalzt zwar nur mit der Zunge, aber das reicht. Der Wewelka vom Sittenamt gibt mit roten Backen vor, nichts zu wissen. Giacinto hat ihm auf's Wort geglaubt und ist damit erst recht neugierig geworden. Das Billett kommt so fein daher, dass an Unanständigkeiten nicht zu denken ist. Aber vornehm kleidet sich Schmutz ja am liebsten.

Klug hat der Venturini den Termin auf einen Sonntag um elf gelegt, damit ihm die Lila nicht über den Weg läuft. Wenn's zu arg wird, kann ich's immer noch abtun, hat er sich gesagt, um elf speist die Lila wie jeden Sonntag bei der Tante, mindestens eine Stunde, ist längst ein Jour fixe .

Anders als verabredet kommt die exquisite Yulia nicht allein sondern in Begleitung ihres engelsgleichen Beschützers Vlad Zverez. Weil beide nicht groß sind, Vlad, dem Parkett noch näher als Yulia, bleiben sie von dem hohen Empfangspult vom Oblak weg. Wenn man so winzig ist, ist das klug. Der Oblak hat gesagt, wären sie näher dagestanden, hätte er sich überbeugen müssen und das wär' unhöflich gewesen. Der Oblak ist seit dreißig Jahren am Empfang und ist manches gewohnt, aber so zierliche Leut' hätt' er noch nicht unter sich gehabt. Er hat das neutral gemeint, nicht mal ironisch, stand ihm ja auch nicht zu.

Die beiden trippeln drei Schritt, wenn der Oblak einen macht, als er sie zum Venturini bringt, hinauf in den kleinen Salon ‚Canaletto', mit den Lüstern aus Muranoglas und der großen Vedute vom Canale Grande. Gemalt hat das Bild nicht der Canaletto, sondern der Maler Soma Rebzierl, ein Freund vom Venturini.

Bevor es ernst wird, ein Wort zum Auftritt der Angekommenen. Die aparte Schwarzhaarige, mit den lackschwarzen Augen knapp unter der Pagenfrisur, macht Eindruck. Schleppen Damen derzeit meist Röcke mit schabrackigen *Derrières*, trägt Yulia einen schwarzen Anzug, gefährlich nah an die Haut geschneidert von einem Herrenschneider, der in Wien, wenn nicht in Paris, daheim sein wird. Auf der Oper, beim Mozart oder neuerdigs beim Strauss, mag die Frivolität ja erlaubt sein, dass Damen als Pagen in Hosen daherkommen, aber hier im Leben? Der Oblak vom Empfang, der weiß Gott allerhand gesehn hat, würde sagen, es ging ans Augenlicht. Es wär einiges darüber zu sagen, was man sich hier ausmalen könne, soll, muss, darf.

Auch Vlad Zverez kommt in Schwarz, nicht im zur Zeit üblichen Herrensack, sondern in einem Frack, in dem der schöne Vlad nicht ein Deka zunehmen darf. Da er den Zylinder in der Hand mit den taubengrauen Handschuhen trägt, hat der Oblak einen Blick hinab auf den Seitenscheitel, der das schwarze, an den Schläfen mit weißen Dachsspitzen melierte, durchpomadisierte Haar präzis aufteilt, zwei Drittel links, ein Drittel rechts, vom Oblak aus gesehen.

Sagen wir's vorweg, es kommt ja doch heraus: Auch wenn es dem Venturini nicht gefallen würde, mit der Demikadze in einen Topf geworfen zu werden, man kann sagen, dass beide auf ihre Weise erstklassige Etablissements leiten. So wie hinter dem Venturini das feinste Grandhotel zwischen Wien und Kiew liegt, führt Yulia Demikadze draußen vor der Stadt das exklusivste Bordell östlich von Wien, allererste Güte, oder wie sagt man: Da gibt's nichts. Keine diskrete Adresse in Europa genießt bei Herren, die sich auskennen, höheres Ansehen. Von einem Puff kann keine Rede sein, auch wenn man hineingeht.

Greifen wir rasch noch ein beunruhigendes Stück weiter vor: Die Yulia Demikadze kommt mit dem Plan, im ‚Venturini' eine Dependance zu installieren, das ‚Venturini' diskret zum elegantesten Laufhaus Europas zu machen, Zug um Zug, wohlgemerkt schleichend, aber nochmals wohlgemerkt, mitten in der Stadt.

Sie fällt nicht mit der Tür ins Haus, wie wir gerade. Sie weiß, was sich schickt, Halbseidene lieben das Seidene. Denn das treibt die Yulia: Will nicht draußen bleiben, will nicht Halbwelt sein sondern große Welt. Draußen hat sie schon ein prächtiges Palais. Es steht ganz in Rosa, hergerichtet wie beim Palladio an der Brenta. *‚Après'* oder *‚Avant'* ergeht man sich dort in einem grünen Park wie vom Pückler, mit Pfauen drin, mit französischen Marmorgöttinnen drin, man spaziert dort am Abend unter Gasbeleuchtung. Die Herren kennen die gemalten und gehauenen Schönheiten in den Uffizien und im Louvre und verlangen ähnliche Qualität von den Damen Yulias. Die Demikadze führt bedeutende Männer zusammen, auf einem Niveau, wie es keine Handelskammer kann. Man ist unter seinesgleichen, speist ‚Surf and Turf', trinkt Roederer Cristal, fädelt en passant Fusionen von Stahlwerken und Forstflächen ein, geht seinem Gelüstchen nach und muss sich hier nicht genieren, es zu haben.

Genau so hätte es der Venturini vom Honorarkonsul Kettler erfahren können, der hat sich aber geschämt darüber zu sprechen, weil er sich die Pracht nur ein einziges Mal hat leisten wollen.

Jetzt aber, der Salon Canaletto im ‚Venturini':
Dort hängt an der Stirnwand wie gesagt das Gemälde vom Canale Grande in Venedig, das einwandfrei vom Canaletto stammen könnte, wenn es nicht vom Soma Rebzierl wär'. Von Fälscherei kann übrigens keine Rede sein. Unter dem Bild steht nicht der Name vom Canaletto sondern gar keiner. Außerdem hat der Italiener den Canale Grande mehrmals aus ganz vielen Winkeln gemalt, aber nie von dieser, so dass Rebzierls Canaletto ein echter Rebzierl ist. Wenn der Italiener vor dem Bild gestanden wär', hätte er vielleicht gegrübelt, wann er's gemalt hat, aber er wär' sicher gewesen, dass er's gemalt hat.

Rebzierl hat dem Venturini nur gesagt, er solle gleich den ganzen Salon ‚Canaletto' nennen, der Raum mit den

Muranolüstern hätte ja schon deutlich Venezianisches. Es hat Giacinto gewundert, dass schon drei Männer von Sotheby's da waren, die von dem Bild gehört hatten. Die sprachen auch von Canaletto, als sie das Bild prüften. Sie haben dem Venturini aus dem Stand siebenundzwanzigtausend Kronen geben wollen. Aber der wollte nicht, hat gedacht: Was dir ein Freund schenkt hat, verkaufst du nicht. Viel wichtiger als das schöne Bild ist dem Giacinto, dass der Rebzierl der einzige Mensch ist, der den Mut hat, zu ihm in den Opel zu steigen.
Der Pfau bringt Mokka und Katzenzungen hinauf, er serviert persönlich, aus Neugier.

Es gibt jetzt ein paar Sätze im Canaletto, die man sich hätte sparen können. Benehmen mag ja für Kultur und Sitte stehn, aber gegenüber Yulia und ihrem Vlad wäre auch ein sofortiger Fenstersturz eine Option gewesen. Noch kann Giacinto Venturini nicht sagen, warum das Anziehende an den beiden ihn abstößt. Mit Sägewerkbesitzern kann er umgehn, Militärs, auch höchstes Lametta, kann er parieren, selbst Pferdehändler weiß er zu nehmen, aber die beiden Persönchen vor ihm sind aus einer anderen Welt. Die Yulia spürt das, genießt es, fühlt sich wohl in seinem Unbehagen und nicht lang, da führt sie den Venturini schon in tiefes Wasser.

»Sehen Sie Herr Venturini, bisher verkaufen Sie jede Nacht sechs Dutzend Betten, mal mehr, mal weniger, was bleibt da schon hängen? Sie müssen's mir nicht sagen, ich hab's schon einmal durchgerechnet. Jedenfalls sind Sie heut' trotz all der Plackerei kaum reicher als vor zehn Jahren, auch wenn Sie die beste Adresse weit und breit sind.« Eine Katzenzunge im zierlichen Händchen ist auf dem Weg zum Himbeermündchen. Die kleine Dame spricht böse aber unbestreitbare Sachen:

»Die gehobene Hotellerie muss sich häuten, Herr Venturini, Geschäftsleute werden bald lieber den Fernsprecher nutzen, als dass sie Tagungen zahlen. Ihre Menükarte holt's nicht rein und der Champagner schon gar nicht, Herr Venturini, das muss ich Ihnen nicht sagen, ja und was für ein Klotz am Bein das gierige Personal ist, wissen wir beide. Im Grund muss die Luxus-Hotellerie ihr Geschäft neu erfinden – oder sie wird zur abgewohnten Herberge mit einer Etagendame in jedem Stock. Ich sage Ihnen, Herr Venturini, es ist Zeit, dass Sie das ‚Venturini' aus dem Dornröschenschlaf erwachen lassen.«

So spricht Yulia Demikadze, als ging's ums Wetter. Der Lackschwarze neben ihr sitzt stumm, lächelt Yulias Lächeln nach, bewegt seine Lippen ihren Lippen nach, als wüsst' er auswendig, was sie spricht. Nicht, dass man dem Venturini ansieht, dass ihn der kleine Page anritzt, da hat er sich schon in der Hand, aber er ahnt, wir sind erst beim Aufgalopp.

»Ich denke, Sie werden uns vor der abgewohnten Herberge bewahren wollen, Madame, nicht wahr?«

Die Demikadze lächelt schmal.

»Ich bin schon dabei, Monsieur, bitte nehmen Sie mir meine Geradheit nicht übel. In der Tat bin ich schon dabei, Ihr Haus zum Besseren zu verändern. Sie haben es sicherlich schon bemerkt. Oder ist Ihnen noch nicht aufgefallen, was Madame Keller für ihr Hotel wert ist?«

Venturini schaut zwar nicht ertappt, ist es aber, fragt sich, wer ist die Keller? Yulia lächelt ihr Lächeln.

»Sie wissen doch, Madame Keller, wenn ich recht erinnere, ist sie seit zwei Monaten Gast in Ihrer besten Suite, sie dürften sie zumindest von der Höhe ihrer Rechnungen kennen, die sie, soweit wir wissen, pünktlich begleicht.«

Giacinto! Warum weißt du nichts von dem Weib? Er ärgert sich, ist nicht á jour, greift zur Chuzpe.

»Madame Keller ist ein sehr angenehmer Gast, was haben Sie gegen Madame Keller?«

Yulia Demikadze legt das Pagenköpfchen schief:

»Gar nichts, Herr Venturini, im Gegenteil. Madame Keller ist eine meiner angesehensten Damen, Madame Keller ist in Ihrem Haus tätig – das heißt, sie ist in Ihrem Haus für uns tätig – eine, wie Sie treffend sagen, ausgesprochen angenehme Dame.«

So winzig sie ist, die Yulia füllt den Salon.

»Sie haben sich sicher gewundert, dass der stellvertretende General unseres Kriegsministers schon zum zweiten Mal Ihr Haus beehrt hat. Das ‚Venturini' liegt zwar nicht im Zentrum des politischen Geschehens, aber auf der Durchreise nach Sarajewo und zum Vergnügen kommt man schon einmal gern hier her. Das tut ja auch der Generaldirektor Graf Smichek von den Hydraulikwerken, der neuerdings häufiger hier nächtigt. Der Generaldirektor spielt mit dem Gedanken die kommende Jahrestagung hier im ‚Venturini' zu installieren…«

Zev meldet sich, eine Stimme wie Lavendelseife: » Hier im ‚Venturini' und nicht wie in den Jahren zuvor im Lemberger ‚Savoy'...«, er lächelt, der Zev, als hätt' er's geschaukelt.

»Ich darf Ihnen sagen, Herr Venturini, ohne die vorzüglichen Dienstleistungen von Madame Keller wär' daran kein Denken.«

Schön wäre, denkt der Venturini, schön wäre, ich säße jetzt in meinem Auto.

Dann aber hebt er das Gesäusel auf die Ebene, auf die es gehört:

»Ich wusste tatsächlich nicht, dass wir eine Hure im Haus haben, Madame Keller wird uns noch heute verlassen müssen.« Vlad Zverez seufzt, tief verletzt. Yulia lässt sich nicht auf die Hure ein.

»Wie schade, für die kommenden Wochen sind zwei Herren bei Madame Keller avisiert, die sehr enttäuscht sein werden, besonders der Sekretär des serbischen Gesandten, dem Madame Keller für drei Tage wieder als private Sekretärin tätig sein soll. Er wird sehr traurig sein und wahrscheinlich absagen. Schade, Ihre Gästeliste war gerade dabei Kontur zu gewinnen.«

Venturinis Stimme soll kühl klingen, na ja: »Ich glaube nicht, dass ein Hotel wie das ‚Venturini' von der Zuhälterei eine verdienstvolle Zukunft zu erwarten hat, Madame Demikadze.«

Yulia lächelt liebenswürdig:

»Wissen Sie, Zuhälterei, das ist ein so ein Wort von gestern, genauso wie der Begriff der Hure, den Sie leider in

Ihrem Wortschatz führen. Beide treffen keineswegs den Kern dessen, was wir für das ‚Venturini' tun können. Überdies wird Ihnen geläufig sein, dass beide Worte von Männern erfunden wurden, um tüchtigen Frauen einen Schwarzen Peter anzumalen. Wer hier ehrbar ist, muss nicht diskutiert werden. Meines Wissens werden im ‚Venturini' gelegentlich weit fragwürdigere Sachlagen verhandelt, vom regelmäßigen Haubitzenverschub bis zum grenzüberschreitenden Handel mit Damenkontingenten traurigster Kategorie, ich nenne sie dennoch nicht Huren, wie Sie beliebten zu sagen. Mit den bedauernswerten Geschöpfen dieser Kategorie allerdings hat meine – und Ihre Madame Keller – nicht das Geringste gemein. Machen Sie sich mit dem Gedanken vertraut, dass ein modernes Bedürfnismanagement Ihrem Moralempfinden längst den Rang abgelaufen hat. Unsere internationale Erfahrung zeigt, dass in den exclusivsten Hotels in Paris und London distinguierte Gesellschaftsdamen, übrigens oft solche aus aristokratischem Milieu, längst einen bedeutenden Beitrag zur Zufriedenheit anspruchsvoller männlicher Gäste leisten ...« - Vlad räuspert sich »... und weiblicher Gäste!« Yulia hebt das Tässchen und nickt.

»Ein Deckungsbeitrag, der weit befriedigender ausfällt, als Ihre, wie ich annehme, vier notorisch defizitären Luxussuiten.«

Lieber Giacinto, sag was.

Nun ist er ja doch Mann's genug, die Sache in der Hand zu behalten, nicht ohne Biss in der Rhetorik:

»Ihr befriedigender Deckungsbeitrag hat in Ihrem Mund, einen unanständigen Geruch, Madame. Darf es noch noch ein Tässchen Mokka sein, bevor Sie uns verlassen?«

Yulia weiß, wie man nicht mit der Wimper zuckt.

»Danke, sehr liebenswürdig, Herr Venturini. Ihr Kaffee ist sehr gut, ein Jammer, dass Sie nicht mehr Zeit für uns haben, ich wollte Ihnen gerade den Vorschlag machen, eine weitere hochrangige Gesellschafterin probeweise bei Ihnen zu installieren. Schon um Sie an das neue Flair Ihres Hauses zu gewöhnen. Wir waren uns ja einig, dass so angenehme Gäste wie Madame Keller ein Gewinn für Ihr Haus sind, wie Sie sagten.«

Yulia Demikadze schiebt eine Visitenkarte über den Tisch:

»Freifrau von Mikkalainen ist eine vollendet stilsichere, intelligente Persönlichkeit, eine phantastische Begleiterin für höchste Ansprüche. Sie spricht französisch, englisch, spanisch und natürlich ihre Muttersprache, finn...«

Venturini ist aufgestanden, ist auf dem Weg zur Tür, öffnet, aber die Yulia läd gern noch nach.

»Der finnische Botschafter gehört übrigens zum interessanten Bekanntenkreis von Madame Mikkalainen. Ein distinguierter Herr, ein Juwel für jede Gästeliste.«

So spricht sie, noch in der Tür vom ‚Canaletto'. Auch Vlad mag nicht gehen ohne ein letztes Wort:

»Übrigens, stimmt es, dass das ‚Venturini' zum Verkauf steht?«

Venturini sagt nur: »Nein«, hätte aber gern mehr gesagt. Vlad Zverez schüttelt das Wörtchen ab.

»Falls Sie darüber nachdenken, lassen Sie es uns doch bittschön wissen, Monsieur, vielleicht kommen wir ja auf diese Weise doch noch zusammen, verehrter Monsier Venturini.«
Der Kerl wagt es, hier, mitten im Empfang, heikle Dinge in die Welt zu setzen:

»Es gibt so viel Geld auf der Welt, Monsieur, es verdient sich so leicht – Sie können es doch nicht im Ernst, wie man hört, Ihrem Zimmermädchen überlassen.«

Dass der seifige Zev die Lila ins Spiel bringt, macht den Venturini gefährlich kalt, er schluckt den Schmutz mit Müh‘, ist froh, dass die Lila bei der Tante zum Tafelspitz ist.

Der Oblak vom Empfang sieht schon am Teint vom Venturini, was der von den scheidenden Besuchern hält, er kennt die Stirnfalte. Der Oblak schmunzelt, als er den Portier Mincu an der Tür sagen hört: »Madame, Monsieur, bitte beehren Sie uns recht bald wieder.«
Nun ja, wir werden sehen, oft kommt das Böse ja zur Hintertür wieder herein, kaum dass es zur Vordertür hinaus ist.

Der letzte Venturini liegt am Abend spät in den Kissen neben der schlummernden Frau und zündelt am Hotel. Denn da ist er wieder der gewohnte Venturini. So gräßlich ihn das Püppchen angestochen hat, alle Venturini haben seit Jahrhunderten gut zugehört. Was spricht denn gegen Kokotten, zündelt Giacinto, solang sie feiner mit Messer und Gabel umgehn als die Gattin des Bürgermeisters?

In Paris, hat der Page gesagt, wär's längst à jour in der besten Gesellschaft. Giacinto schmunzelt im Dunkeln, man müsst' es sich ansehen, dort in Paris. Aber die Sache wär' zu groß für Czernowitz. Es sei denn, man dreht's so hochklassig ein, dass bis ganz nach oben alle stillhalten.

Aber dann: Gäb's einen im Haus, der nicht kündigt? Die Lila würd' fort sein. Die wär' fort. Das wär' das Schlimmste. Aber, wie hat der Page gesagt: Man muss sich neu erfinden.

Wir sind nicht der Giacinto, unsereiner täte sicher kein Auge zu in der Nacht. Der Giacinto aber hat Zeit seines Lebens einen guten Schlaf gehabt.

Fische, kleine, mittlere, große.

Was wären Grandhotels ohne ihre Melange von rechtschaffenen und unrechtschaffenden Gästen. Beide schätzen Lederfauteuils, Bidets im Bad, Gemälde und Seidentapeten, das ‚Venturini' befriedigt die höchsten Ansprüche aller, die zu wissen glauben, was das ist. Der Venturini hat den Hochstapler so vorzüglich beherbergt wie den Schieber, solang beide ihre Billets beglichen.

Die kleinen Fische wagen sich nicht ins große Café, die Kofferambulanten, Uhrenhehler und Bauplatzdiebe haben ihre eigenen Börsen in dunklen Ecken. Sobald aber so einer seinen Einspänner bezahlen kann, verspürt er Aufstieg. Er traut sich zwar noch nicht ins ‚Venturini', aber er erprobt sich im ‚Alltag'. Schon als die Lila da Zahlkellnerin gewesen ist, hat sie schnell den Kungler gerochen, wenn er einen Platz nahe der Tür sucht. Dann, nach einigen Wochen, ist er mutiger, sattelt einen ‚Konjak' drauf und hockt nicht mehr hart an der Stuhlkante.

Da sitzen dann oft zwei von ihnen, auf dem Tisch vor ihnen liegen, sagen wir, zwei hübsche Blechdosen 'Duca Strozzi Cigarettes' nebeneinander. Als Lila zwei Schnaps bringt, zwinkert der dicke Kungler seinem Kumpan zu und sagt:

»Fragen wir doch das Fräulein Lila, Verehrteste, machen Sie uns die Liebe, welches der beiden erfreulich hübschen Kabinettchen kommt ihnen ein wenig originaler dahergestaltet vor?«

Weder die Gendarmerie noch die Lila wären in der Lage einen Unterschied zu entdecken, aber sie macht ihnen die Liebe und tippt erst auf links, dann auf rechts, da lacht der Kungler: »Einen Spaß hab' ich mir erlauben gewollt, Fräulein, keines ist ein überhaupt, wie man sagt, unecht Gefälschtes.« Voller Stolz auf seine makellose Arbeit zwinkert er seinem Kunden fröhlich zu und verehrt dem Fräulein Lila das linke der hübschen Kabinettchen. Fragen wir nicht, warum das Linke.

Wenn es aber zu ernst wird, vergessen solche Leute leicht, wer und wo sie sind und zeigen sich die Messer.

Zwei Flaschen 'Hennessy' stehen auf dem Tisch, der bessere aus Jerewan, daneben der Echte. Der Streit geht ums Etikett. Es hat keinen Schönheitsfehler, es hat einen idiotischen Fehler. Da steht einwandfrei V.O.S.P., dumm und dreist, unter der schönen Marke auf allen tausendachthundert Flaschen und es würd' schon keiner merken.

»Weiß sich doch kein Esel, wie es sich hat zu heißen.«

»Du net, s'eh kloa, du net. Aba wos in Wien an Hennessy zohlt, do wirft mir d' Floschn an Schedl.«

»Und warum soll es sich, bitte, V.S.O.P. heißen? Weißt du's etwa?«

»Ah woher, aber meine Bildung sagt, dass es sich g'hört.«

Lila weiß, bevor es noch lauter wird, holt sie den Zahlkellner. Die Konjaker gehören an die frische Luft.

Auch wenn sie schon ein heiles Jacket tragen, sie zählen immer noch zu den kleinen Fischen. Da geht's dann, wenn's hoch kommt, um acht Tonnen glattes Mehl pro Monat. Als Feldwebel in ausrangierten Garnisonsumiformen rumpeln sie damit in einem ausgeliehenen Militärkraftwagen an dämmernden Grenzposten vorbei nach Moldawien hinunter und rumpeln mit zweitausend Bouteillen ‚Rara Neagra' ebenso unbehelligt zurück; der wuchtige Rote gilt in den Bordellen der Garnisonen zwischen Brody und Suceava als verlässlicher Aufrichter für die Offiziere der k.u.k Landstreitkräfte.

Die Großen aber kann man nicht mehr Kungler nennen. Die Herrschaften beehren exklusiv das ‚Venturini'. Giacinto hat die Sorte noch vom Vater, der vom Großvater und jetzt hat die Lila sie am Halse. Die Halunken tagen unsichtbar, nicht im Café sondern in der Metternich-Suite des Hauses. Unter den Lüstern rund um den großen Mahagonitisch geht es vierteljährlich um die Förderung überregionaler Wirtschaftsbeziehungen. Da drehen sechs Prinzipalschurken mit manikürten Fingern ein ganz anderes Rad: Der Pole Jacek Sczewski, so heißt er nicht wirklich, informiert über die Zusage des Generaldirektors des Güterverkehrs der polnischen Staatsbahn, dass die siebenunddreißig als Sonnenblumenöl deklarierten Waggons mit Hochprozentwodka ab Mai auf die Schiene kommen und bis Ende Juni unbesehen durchgehn.

Miron Cintemir, so heißt auch der nicht wirklich, berichtet den verehrten Kollegen, wieviel Prozent der Oberste Zollinspektor des Königs von Rumänien von den zweihundertzehn Tonnen Rohtabak, sie werden im kommenden Monat in der Tabakfabrik in der Josefstadt von Temesvar erwartet, an der Sache verdienen möcht'.

Dann steht Vitali Cuk auf, er ist schon unter ganz anderen Namen aufgestanden, aber heute nennt sich der Vitali eben Cuk. Er unterrichtet die Runde mit hängenden Mundwinkeln, dass die immer dreisteren Übergriffe längs der Opiumwege zwischen Kiew und Tiflis neue Preiserhöhungen für das Heilmittel erwarten lassen.

Der Nächste in der üblen Reihe ist ein Moldawier aus Chisinau, dessen sechs frühere Namen alle falsch sind und dessen siebter Name deshalb ähnlich unwichtig ist. Ihm liegt die stolze Anzahl der jungen Damen am Herzen, die er mündlich zu Protokoll gibt – ein schriftliches gibt es nicht – die ab September für Wien, Pressburg, Brünn als Frischfleisch avisiert sind. Er lässt es sich nicht nehmen, die Anwesenden über seine Erfolge des Näheren ins Bild zu setzen: »Immerhin ist es uns in den letzten Jahren gelungen die Zahl der Freudenhäuser Wiens einigermaßen an die Bordelldichte von Paris anzunähern. Obwohl, an den zivilisierten Service des französischen Materials langen unsere mageren Hascherln nie heran. Magerkeit ist tatsächlich ein Problem. Die englischen Kollegen sind erfolgreicher, weil sie üppiges Material mit möglichst weißer Haut liefern. Auch die Photographen dort sind besser spezialisiert, sie dekorieren aufwendig mit Spitzenwäsche und exotischen Palmen, im Studio arrangiert, photographiert und auf Karton aufgezogen. Wir müssen rekrutieren, was wir kriegen können, halt aus den Dörfern und unter den Bauern, was will man erwarten. Da hilft neuerdings, dass unsere Kollegen jetzt verstärkt den Postkartenmarkt angehen, leider kaufen die Leute nur Erotik, wenn ‚french postcard' draufsteht, na schreiben wir's halt drauf. Aber der Ertrag in der Bildkunst ist einfach noch sehr mickrig. Zumal die Herren den Markt verstopfen, wenn sie in ihren Raucherzimmern ihre Bilder nur eifrig tauschen. Erfreulicher ist, dass der Zelluloidfilm besser wird, unsere beiden Budapester Ateliers arbeiten seit dem Frühjahr in zwei Schichten. Man muss nur achten, dass das giftige Zeug nicht in die Luft geht. Im Juli ist unsere Halle bei knapp vierzig Grad explodiert, hat sich selbst entzündet, das Zeug knallt vier mal böser als Dynamit, war ein Schaden von fast sechzigtausend, zuzüglich der Lärm um drei tote Arbeiter. «

»Beim letzten Mal hast du versprochen, mein Lieber, dass Filme mit Ton kommen. Geht das voran?«

Der Jacek Sczewski neben ihm schnalzt feucht mit der Zunge. Der Cintemir kichert »Ton wär' scho hübsch. «

Der Moldauer windet sich,

»Leider. Sie kriegen es noch nicht hin, dass Ton und Bild genau zusammenpassen.«

Cintemir denkt mit: »Sehr unschön, wenn der Juchzer an der falschen Stelle kommt.« Alle nicken, wissend, ernsthaft.

Beim letzten Beitrag weiß jeder, es geht von der Schmuddelecke hinaus ins Eisige. Der elegante Düsseldorfer, Heinrich Müller, ein falscher Müller, stellt drei Millionen Feldgeschützpatronen für Russland in Aussicht, um den gottgerechten Krieg des Romanow gegen Japan zu befeuern, dazu erhebliche Chargen an Infanteriemunition für Bulgariens anstehende Balkanbefriedung. Ein bewunderndes Raunen kommt auf, als er beiläufig fragt, ob der Tisch Verwendung hat, er habe drei Schnellfeuerkanonen neuester Bauart in petto, lackfrisch aus der Rheinischen Metallwaren- und Maschinenfabrik Actiengesellschaft in Düsseldorf am Rhein, erste Ware, zwischengelagert zur Zeit in Braunau am Inn.

Am Tisch sitzen Fünf. Aber irgendwo draußen steht eine stetig wachsende Zahl von kleinen und großen Teufelchen bei Fuß, die Weichen stellen, Schranken öffnen, Banken schwindlig rechnen, Polizeichefs, Eisenbahndirektoren einseifen, Bordelle bestücken, Konkurrenten entleiben und Verräter verscharren.

Schlagbäume haben schon immer ihre Leut' ernährt. Was hindert uns zu sagen, dass sie eigens fürs Schindluder erfunden wurden.

Wie trüb der Unrat ist, der da im feinen ‚Venturini' hin und her geschoben wird, haben alle Venturinis am liebsten nur geahnt. Sie haben hernach die Suite gelüftet, nichts gesehen, nichts gehört.

Die Tagung der Pestilenzler endet jedes Mal mit einem harmonischen Gabelfrühstück am folgenden Morgen. Man bewundert die colorierte Fotografie der Söhne, das Bildnis der hübschen Alternative zur faden Gattin, man erfährt von der Entfernung einer Furunkel am Ohr, von des Moldawiers neuer Villa an der Krim, was sagt man, Villa, von seinem neuen Palais, auf einem Grund, was sagt man, Grund, in einem Pinienpark von einem Hektar, durch den eine Auffahrt, was sagt man, Auffahrt, eine von Steineichen gesäumte Allee, aus rosigen Marmorkieseln in einer satten Schleife zum Anwesen führt, wie es sich gehört. Die Herren denken bei sich, wie der Moldauer so dumm sein kann, mit so ekligem Geprotze zu kommen.

Man umarmt sich am End', versichert sich aufrichtiger Kameradschaft und findet dann kaum aus der Halle, weil jetzt ein fröhlicher, hundertköpfiger Hochzeitszug hineinflutet, der die Großhalunken erdrückt, Treppenaufgänge und Korridore einnimmt, die Tür zum Brautzimmer belagert und Alexandre, den Hotelfriseur, noch mit der heißen Brennschere in der Hand, mit wichtigen Fragen befeuert.

»Ist sie schön, was trägt sie, kommt sie im Schleier? Mit Diamanten?«

»l-Chaim!« ruft die Menge und »Maseltoff« und bildet eine Gasse für den Bräutigam. Der ist ein schmaler, hübscher junger Mann, ganz weiß im Gesicht, noch weißer als sein Hemd, noch weißer als sein weißer Festtagsanzug, noch bleicher durch sein schwarzes, schmales Bärtchen. Seine großen melancholischen Augen tun sich schwer mit der Zuversicht, die er gerade heut' zeigen soll.

So ist das im 'Venturini', Himmel und Hölle, von jetzt auf gleich. Die Fenster der Suite müssen aufgerissen werden, Schwefel, Pech und Verwesung liegen noch in der Luft, während nebenan im Brautzimmer, im maigrünen Duft von Jasmin und geflochtenen Wachskerzen eine sechzehnjährige Schöne wartet, dass der Papa endlich eintritt und sie am Arm hinunterführt, zu dem fremden jungen Mann, den der Papa für sie ausgesucht hat, von dem sie hofft, dass sie ihn lieben kann. Hoffen wir mit ihr, sie ist so hübsch und noch so ein Junges.

So war das schon immer im ‚Venturini', alle hoffen, dass alles gut geht.

Lila zieht an.

Das Haus setzt von Anfang an alles daran, der Lila Glik zu versprechen, es werde sie bis an ihr Ende glücklich machen. Nachdem Giacinto ihr die Leitung gegeben hat, ist sie heraus aus dem Spatzenzimmer der Bediensteten unterm Dach. Von der sechsten Etage zieht sie ins Erdgeschoss. Venturini hat gesagt, es gehört sich nicht, dass man durch die Wäschekammer in der Sechsten muss, wenn man zur Hotelleitung will. Er hat sein Büro geräumt, hat es halbiert, eine Hälfte ist ihr Büro, die andere ihr neues Appartement. Es ist bescheiden genug, Tisch, Stuhl, kleine Chaiselongue, ein Wandschirm versteckt das Bett und den Waschtisch mit den beiden geblümten Kannen. Das Beste an dem Appartement ist, dass Giacinto ihr einen direkten Ausgang in den Garten hat bauen lassen, über eine schöne weiße Marmortreppe vom Büro kann sie direkt hinaus. Im Nachhinein hat Giacinto über diese gutgemeinte Dummheit den Kopf geschüttelt. Es hätte ihm klar sein müssen, dass von Anfang an eine Herde junger Hengste in dem Ausgang einen Eingang wittert. Giacinto hat sich gesagt, wenn's passiert, passiert's, aber bittschön, die Kerle müssen schon stärker sein als das ‚Venturini' und die Lila zusammen.

Dabei hat es schon ganz früh, da war sie gerad siebzehn, nacheinander zwei gegeben, die ohne die Lila nicht weiter leben wollten. Beide haben großes Drama geschwitzt, mit Entleibung gedroht und sie wär' dann schuld. Aber das Leben geht voran, gut, dass sie nicht geschworen haben. Wenn man sich heute auf der Herrengasse begegnet, beide Herrn ein Kindchen an jeder Hand, brav würden sie die Zylinder lüpfen, hätten sie die Händ' frei.

Der erste, der sich danach einigermaßen ausdauernd an die Lila geheftet hat, hat es ebenfalls scheinbar ernst gemeint. Stepan Szepp ist der Sohn des Apothekers Stepan Szepp senior. Der Alte hatte ein starkes Geschäft aufgebaut und davon ein schwaches Herz gekriegt. Der Sohn lernt daraus, dass Fleiß aufs Herz schlägt. Da sich alle Apotheken nach kurzer Zeit von allein tragen, hat Stepan deshalb nur seine Pflicht getan, den Laden dabei nicht zu stören. Er bewegt sein schönes Pferd, schwingt sein Tennisracket von der Firma Spalding Manufacturing Company aus Chicago in dem Staat Illinois, spielt seine zwei Dutzend Victor-Hartgummischallplatten, auf denen sich das Bild mit dem Hündchen vor dem Hörtrichter dreht.

Man muss ihm zugute halten, nach dem ersten Blick auf die Schwarze schließt er zügig mit seinen beiden gegenwärtigen Damen ab, mit jeder für sich, obwohl beim Szepp junior hätte man sich auch eine Abfertigung en bloc vorstellen können. Wie ein umgestülpter Fallstaff informiert er mit nahezu gleichem Wortlaut zuerst das süße Mädchen aus dem Hutladen über den Irrtum seiner Gefühle, tags darauf benutzt er die gleichen Worte auf's Neue für die ansehnliche Gattin des Uhrmachers. Er gibt beider Liebeskünste die Schuld, bist wunderbar, sei nicht bös, lass uns gut Freund bleiben, servus. Hernach geht er zum Herrendoppel. Warum auch nicht, Schwüre hat er nicht gebrochen, hat ja keine geleistet. Dass so ein junger Lustmensch dem Beruf des Apothekers nachgeht, ist nicht so ungewöhnlich. Vielleicht brauchen Warmblüter wie er Entschädigung für den Umgang mit staubigen Pulvern.

Von dem Moment, als die damals achtzehnjährige Lila in der Einhorn-Apotheke steht, drei Schritte vor dem bretthart gestärkten, blütenweißen Kittel, weiß der Stepan, was die Türglocke geschlagen hat. Als sie um ein mildes Kopfwehpulver für die Hannatante fragt, empfindet Stepan Szepp tief, bis zu dieser Minute viel genossen, aber wenig gehabt zu haben. Es ist, als käme Beständigkeit über ihn. Die kommt dann doch nicht. Es sind gerade vier Monate, da ist es aus mit dem Ernst. Stepan will das Eine. Lila will das Andere und wird schnell lästig, da nur das Seine gefragt ist. Da hilft kein Spaziergang in den dämmrigen Auen am grünen Pruth, kein Sonntagnachmittagsdebut unter Stepans Freunden und Freundinnen, alle in sommerlichem Weiß auf der Terrasse des Tennisclubs bei Tee und Kuchen. So ist das, man ist noch weit weg vom Erobern, hat noch nicht einmal angefangen, da will man schon besitzen, einzäunen, bemustern.

Lila sieht ein, der Stepan kann nicht heraus aus seiner Haut. Er hat mit Händen und Füßen geredet und sich dabei um den Hals geschwätzt. Die Achtzehnjährige verteidigt ihre Festung und der Stepan begnügt sich nach seiner unsterblichen Liebe immerhin zwei Wochen lang mit sich selbst.

Wortreiche Herrn haben es nicht leicht bei Damen, Einsilbigen aber ergeht's noch viel ärger. Einige haben womöglich auch schon ihre Quittungen bekommen und trauen sich nicht mehr heraus aus dem Schneckenhaus, bis sie nicht mehr heraus können.Und wenn sie's ein letztes Mal probieren, machen sie sich zum Narren. Aber bitte, vielleicht ist's doch schad' um den einen oder andern.

Auch die Lila weiß, einer, der die Kiemen aufeinanderhält, muss kein Fisch sein. Bei einigen ist es ja ein Segen, dass sie zugesperrt bleiben. Vor den ganz dunklen Brütern nimmt die Glik sich in Acht. Wenn solche Inwendigen nach einigen Vierteln Moldawier aus dem Tunnel kommen, ist alles möglich. Sie hat's erlebt, im ‚Alltag', am anderen Ende der Stadt, weit genug weg vom eleganten ‚Venturini'. Jedenfalls, wie sie dort einmal Sperrstunde machen will, hockt einer, der nicht aufstehn mag, ein Großmächtiger, der sie anschaut, anschaut, anschaut, drei Abende schon, aus seinem Eck heraus, macht ihr einen Antrag, klipp und klar, ohne ein Wort, nur mit den Augen, da ist nichts misszuverstehen. Da ist nichts Schmutziges in den Augen, nur die Liebe, aber in solch einer Tonnenschwere, dass es zum Fürchten ist. Sie versucht es freundlich, er soll ihr doch bittschön keine Schwierigkeit machen, sagt, dass die Polizei die Sperrstund' genau nimmt, dass sie Ärger hat, wenn sie nicht pünktlich zusperrt. Der Zahlkellner ist schon heim, deshalb bleibt sie lieber hinter dem hohen Kassenpult und spricht zu ihm von dort. Er schaut sie an, wie wenn er sagen möchte: Ja, na, du, verstehst nicht, sag, verstehst mich nicht? Geprügelt schaut er, schaut und schaut. Sie hätte ihm die Zeche erlassen, nur dass er geht, selbst wenn's um sechs Viertel geht, aber in den Mann hätte auch das Doppelte hineingepasst, mächtig wie er ist. Er bleibt stumm, schaut nur, dann nickt er schwer, seufzt, zieht sich hoch hinter seinem Tisch, wächst, wächst, ganz schwer, geht kerzengrad zu ihr, zahlt aus schweren Schaufeln, schaut kaum, was er hinlegt. Sie sieht, dass er von seinen Händen lebt, geschmirgelt sauber sind die, ein mittlerer Finger ist ein Stumpf. Sie denkt, er ist nicht gefährlich, vielleicht ist er nur schlicht, er schaut wie ein nasser Hund. Dann macht er doch den Mund auf, notgedrungen, zwei Zähne fehlen ihm, die wichtigsten für's Gesicht, er zieht jedes gründlich durchdachte Wort mühsam durch die Lücke:

»Gehst mit mir? ...Ich lieb dich so... ... Ja?... Kommst...? Ich tu dir nix.«

»Das ist lieb von dir, aber ich bin verheiratet.«

Sie weiß nicht, wo sie das jetzt hergeholt hat, selbst das Du ist aus ihr ganz glatt herausgefallen. Er steht nur da, schaut von ganz da oben, wie vom Kirchturm, auf sie herunter, schaut auf sein Geld als wär's nicht seins, lässt das Gewechselte, wo's liegt, nickt. Er ist nicht so dumm, wie man denkt. Er sieht genau, wie sie die Hand unter dem Kassenbrett versteckt, sieht genau, da ist kein Ring.

Als er hinaus ist, gibt es einen Lärm, sie hört einen Schlag, die Gaslaterne vor dem Haus scheint nicht mehr herein, Glas ist gefallen, sie hört ihn auf den Scherben herumknirschen in schweren Nagelschuhen, wie ein Rumpelstilz. Dann ist er weg, hat geheult wie ein Fuchs, noch zwei Gassen weiter hat sie ihn gehört, als sie abgesperrt hat. Sie löscht die Lichter, wartet noch eine Stunde im Dunkeln hinter der Kasse, bis sie sich heimtraut.

Am liebsten sind der Lila Männer, die wissen, dass gegen das ‚Venturini' nicht anzukommen ist, die sie gleichwohl verehren ohne nachzulassen. Die Art der Kerle hat sie als schönes Kompliment angesehn. Der Rittmeister Josef Maximilian Oskar von Hitzenwalder ist so einer.

Der Mann gehört auf's Ross.

Nirgends ist der Mann besser aufgehoben als im Sattel seines Eskadrons des Cheveauleger-Regiments der königlich bayrischen Kavallerie. Erst recht im Jahr 1912 als man überall in Europa fieberhaft Pferde für ungemütliche Zeiten zusammensucht. In den schmalen Epochen, in denen das Volk einmal kurz durchatmen darf, ist der Hitzenwalder als Versorger des Heeres unterwegs um zu ersetzen, was der letzte Krieg an Rössern gekostet hat. Der Hitzenwalder sucht also Pferde fürs sehr Ernste. Die haben bisher immer noch entschieden, wer am Schluss mit den Orden nach Haus kommt. Schon Tamerlan hat geseufzt, dass manches Pferdchen mehr taugt als sein Draufsitzer. Bayerns Pferdematerial, sagt der Hitzenwalder, sei ganz auf Pflug und Bierfahrt gestellt, taugt zwar für's Haubitzenziehen, ist aber nichts fürs Schneidige, für den Rossnachschub der Kavallerie müsse man schon weit außer Landes. Der Rittmeister ist zuständig für den Ankauf aus Polen, Galizien, Moldawien, Bessarabien. Er wohnt in jedem Friedensjahr im ‚Venturini', hat dort sein Etappenquartier und macht der Lila schon vier Jahr lang den Hof, dass es kracht. Er trägt so dick auf, dass er selbst Mühe hat, seine Kratzfüße ernst zu nehmen.

»Jetzt hab' ich dich ein Jahr nicht gesehn, weißt was das für eine Tortur ist? Wie willst du ohne mich leben, wenn ich's nicht kann und gleich möcht' ich anknüpfen an meinen letzten Antrag und den vorletzten und den vorvorletzten: Er gilt lichterloh, damit du's gleich weißt.«

So ist er hereingestürzt, noch staubig und verschwitzt von der Bahn, hat dem Adjutanten seinen Mantel hingeworfen ohne hinzuschaun, hat der Lila die Hand geküsst. Sie hat sich gefreut, als sie ihn sieht. Sie weiß, wenn der Hitzenwalder kommt, hat sie zwar zu leiden, aber im Grund ist er ein Vergnüglicher.

Er ist so einer von den Braven, die ahnen, nein, im Grund' wissen sie schmerzhaft, dass sie nicht zu haben ist. Aber er lässt nicht ab, beteuert, seine erhebliche Spannkraft gehe allein durch sein Zölibat zugrund, hat schon gedroht wegen ihrer schmerzhaften Indifferenz am End noch ans Saufen zu geraten.

»Wie geht's, Verehrteste, rundum wohlauf? Schaust grad' so aus. Hast mich vermisst? Wenn ja, g'schieht dir's recht, wenn nicht, sag's nicht.«

Wie gesagt, die Luft wird frisch im Haus, aber er wird schon brav an sich halten. Dabei ist der Mann nicht nur Platzpatrone, er ist, wie die Bayern gern sind, ausgesprochen liebevoll forsch.

Der Rittmeister wirft seine steife Offizierskappe auf den Sessel.

»Lass' Dich anschaun, himminoch, i werd allweil schiacher und du wirst allwei' schöner. Ist der Pascha schon angekommen?«

»Herr Sefgin ist schon seit gestern da. Er freut sich auf Sie, ist aber gerade nicht im Haus.«

»Warum geht der aus, wenn er hier sein kann«, grient der Miesbacher, aber das ‚Sie' hat ihn ins Mark getroffen.

»Leo hat Ihr Gepäck sicher schon auf's Zimmer getragen. Sie sind wie immer auf elf, wenn's recht ist. Darf es eine Erfrischung sein, Herr Rittmeister?«

Der Rittmeister stöhnt. Da steht er, wie Sysiphos vorm nächsten Block.

»Ich schwör's, wir hatten letztens endlich das ‚Du' angeritten und jetzt geht's wieder von vorn an. Das geht mir arg contre Coeur, Verehrte. Ich hatte gesagt, du hast die freie Wahl, den Josef kannst nehmen, den Oskar, am liebsten wär' mir der Max, das kommt kurz und schmerzlos, war's nicht so? Gib's zu. «

Hängende Schultern, gesenkter Blick, Bild des Jammers.

Lila lacht, nickt, weil er ja Recht hat.

»Ja, doch, verzeih, ich erinnere, aber die Uniform, sie macht halt ehrfürchtig, lieber Herr – Max.«

»Na also, es wird schon, jetzt noch das Herr abschirrn, dann haben wir's. Die Erfrischung nehmen wir später, wenn's recht ist, ich schau ja aus, dass's der Sau graust, so mag ich nicht vor Dir bleiben, zuerst geht's in die Schwemme. Herr Oblak, bitte meld' doch dem Sefgin, wenn er heut' Abend kommt, dass ich da bin. Und frag' ihn gleich, ob er mit mir spät essen mag. *Děkuju.*«

»*Prosim*, Herr Rittmeister«, sagt der Oblak, freut sich wie jeder Tschech' sich freut, wenn ein anderer seine schöne Sprache in den Mund nimmt. So herrenmäßig der Rittmeister mit dem Oblak umgeht, es steckt männliche Bruderschaft drin, die der Oblak goutiert. Der Oblak seinerseits wird sich hüten, dem Rittmeister ebenfalls mit diesem gesiezten Du zu kommen. Er wird beim Herr Rittmeister bleiben, auch wenn er ihm zwinkernd sagt: »Ich wünsche dem Herrn Rittmeister ein erfolgreiches Bad. Ich hoff', es gibt sich genug Seif'.« So ist Brüderlichkeit gewonnen und Form gewahrt. Der Kavallerist nimmt seine Kappe vom Sessel, ist auf dem Weg zurTreppe, schaut zurück und seufzt, »Herrschafts, Lila, i kann di doch nicht Jahr um Jahr hin und her verkomplimentiern, bis i die Gicht krieg, nur weil's du a so a Gesegnete bist, weißt, i kenn mi aus bei die Dam', bei die mit Geld, ohne Geld und fürs Geld, du bist was Großes, glaub' mir.«

Da geht er. So komödienreif er sich gibt, er hat sich schon ernste Gedanken um sie gemacht. Einmal hat er sie ganz ruhig gefragt, richtig besorgt hat's geklungen, ob sie denn nie heiraten mag, nie ein Kindchen haben mag, nie nach Hause kommen möchte. Sie hat keine Antwort gehabt. Vielleicht hat sie eine gewusst, aber gegeben hat sie keine. Ob sie denn in dem Kasten alt und grau werden will, hat der Rittmeister noch letztes Jahr gebohrt, natürlich aus Eigennutz, aber nicht nur. Lila hat geseufzt, dem Rittmeister in die Augen geschaut und gesagt: Sie hätte jetzt keine Zeit ans Grauwerden zu denken, weil sie gerade jetzt dabei ist Telefon für jedes Zimmer zu installieren. Aber wenn sie alt und grau würd', möcht' sie sehr gern auf den Rittmeister zurückkommen, wenn er sie dann noch mögen tät.

Dass der Rittmeister nach dem Pascha gefragt hat, hat seinen Grund. Der bayrische Rittmeister braucht den kleinen Orhan Sefgin aus Konya geschäftlich. Sefgin hat seine

Hand auf dem Pferdehandel. Er führt mehreren Heeren Europas dringend benötigte Warm-, Kalt-, Voll- und Mischblüter zu. Wo sie gerade grasen, weiß niemand besser als er. Mit kurzen dicken Fingerchen, beringt und makellos manikürt, greift der Pascha auf die Herden Arabiens, Iraks und Persiens zu. Er stöbert am unteren Don nach jungen Trabern, handelt den Tscherkessen im Kaukasus ihre Kabardiner ab und verkauft die trittsicheren, unendlich ausdauernden Pferde, die sich in Höhen wagen, wo kein anderer Pferdehuf mehr treten mag, für sehr gutes Geld an diverse Gebirgsjägertruppen Europas. Sefgin rüstet Transportschiffe für noble Vollblüter aus, Offiziers- und Paradetiere, die er in komfortablen Boxen von Konstantinopel nach London und von Bandar Abbas nach Bombay schickt, ganz gewiss hat er auch den Daumen auf dem Pferdeschmuggel, wenn die Herden nur gut genug und seine persönliche Vergütung garantiert ist.

Pascha, das mag gemütlich klingen, aber der Sefgin ist ein wirklicher Pascha, einer der höchsten Zivilbeamten und geschätzter Ratgeber vom Sultan der Hohen Pforte. Der hat ein offenes Ohr für den kleinen kugeligen Mann, der ihm auch ungestraft sagen darf, was er nicht gern hört. Sefgin weiß mit seinem Pferdeverstand die militärischen Lagen in Europa besser einzuschätzen als alle Kaffehausspione zusammen.

Als der Pascha vom Nachmittagstee zurück ins ‚Venturini' kommt, neben seinem Tee ist bei ihm heute ein Stück Esterhazy-Torte gelegen, als er also zurück ins ‚Venturini' kommt, prallt er in den Bankier Balsam, der das

Konto vom Haus führt. Der Pascha geht auf Türen zu, mit dem Anspruch, dass kein anderer drin zu stehen hat. Der Mincu sorgt schon, dass die Tür so weit offen steht, dass der Sefgin nicht stehen bleiben muss, aber er rollt dann doch geradewegs in den Balsam hinein, nur weil der sich nicht gleich entscheiden kann, ob es höflicher ist, die Kugel rechts oder links passieren zu lassen.

Die Etikette siegt, unter gegenseitigen Vortrittsangeboten geht das Geld links, das Militär rechts.

Dann meldet der Oblak dem Sefgin, was der Rittmeister ihm aufgetragen hat und der Pascha bestätigt die Verabredung zum Essen.

Der Mangalitzabaron.

Vom Hitzenwalder ist es nicht weit zum Mangalitzabaron. Beide sind echt, auch wenn sie stracks wie aus der Operette daherkommen. Der Ungar fällt ihr jeden Abend ein, bei ihrer einzigen Cigarette des Tages. Wer hätte gedacht, dass die Chefin vom ‚Venturini' vor dem Schlafengehen eine Cigarette schätzt! Einen feinen Tabak noch dazu, nicht den Knaster aus der wurstigen Odessaer Papirossi, sondern das schlanke Bukett erstklassiger Sarajewoware. Meist nach Mitternacht, wenn das Hotel endlich Ruhe gibt, nimmt die Schwarze eine ‚Valpera' aus der bunten Blechdose mit dem Löwenkopf von der Bosnia Hercegovina Tabakregie, setzt sie auf ihre schöne Zigarettenspitze, öffnet das Fenster und genießt den ersten Zug. Die Cigarettenspitze ist das Geschenk vom ungarischen Schweinebaron. Er hat sie als Erinnerung an seine Attacken dagelassen. Er war herzig. Den Himmel auf Erden hat er Lila versprochen, wenn sie ihm bitte in die Bezzegpuszta zu seinen immerhin sechstausendvierhundertdreißig Mangalitzaschweinchen folgt. Vergebliche Liebesmüh war's, auch wenn der reinliche Baron nicht einen Hauch nach seinen Mangalitzas duftete. Er hat ihr hoch und heilig versprochen, dass auch sie nichts davon ins Näschen bekäm. Hat seine Tierchen liebevoll beschrieben, ihren dicken Wollpelz, *jawohl*, einen Pelz, dick und ansehnlich wie Persianer. Er hat ihr zwei Wochen ldie Cour gemacht, hat beim Abschied eine belegte Stimme gehabt, als er um einen einzigen Kuss gebeten hat, als Erinnerung an die Liebe seines Lebens.

Lila mag die elegante Spitze, zu der das Veilchen im Aroma der ‚Valpera' so gut passt. Also, sie raucht seither ihre nächtliche ‚Valpera al'ungherese' aus der lackierten Spitze und ist dann fertig mit dem Tag, ganz gleich, wie er gewesen ist. Der Venturini hat den Duft als erster mitbekommen. Er hat auf einer späten Runde um's Haus gemerkt, da ist nicht nur der gewohnte Sommerduft der Levkojen hier auf der Rückeite des ‚Venturini' im Gastgarten sondern auch ein anderer Hauch. Als er hoch schaut, sieht er den Schimmer eines Nachthemdes oben hinterm geöffneten Fensterflügel und den schmalen weißen Schleier aus einer Cigarettenspitze. Gesagt hat er nichts. Gefragt hat er auch nichts.

Nun, warum erzählt sich all das in solcher Breite und mit diesem Wust von Nebensächlichkeiten, ohne dass es bisher eine Geschichte mit Hand und Fuß zu geben scheint?

So unbeholfen es gelingt, möchten wir doch aufzeigen, wie divers die Herren sind, die die Schwarze aus dem Hotel ziehen wollen, was ihr entgangen ist und was ihr erspart blieb. Der Lachner hat es dann am weitesten gebracht, bis ans Herz ist er gelangt. Da hat sie zum ersten Mal ihre Nachtcigarette nicht alleine geraucht.

Der Lachner kommt in der Nacht.

Man kann sagen, in den Jahren zwischen dem Lockenjakob und dem Lachner hat die Lila allein einem Haufen Steinen gehört, wie der Franz Lachner das ‚Venturini' genannt hat.

Als der Frühaufsteher Venturini wie immer um halb sechs mit den beiden Pudeln durch den Garten ist, sieht er zum ersten Mal wie der Lachner bei der Lila heraus ist. Aus dem Büro? Aus Ihrem Zimmer? Für einen Bürobesuch wär's arg früh, denkt der Venturini. Man kann nur hoffen, denkt er.

Sie ist da jetzt schon im zweiten Jahr die Chefin. Eigentlich kann sie gerade in dieser Zeit keinen fürs Herz gebrauchen, das Haus ist dabei die junge Frau aufzufressen. Als Giacinto sieht, wie der Lachner aus dem Garten nach draußen ist, muss er sich eingestehn, er hat mit der Lila auf eine gefährliche Karte gesetzt und kann nur hoffen, dass sie ihm nicht weggestochen wird.

Der Lachner sitzt jetzt fast jeden späten Abend bei ihr, meist kommt er gegen elf. Ihm steht die Müdigkeit im Gesicht, wenn er am Abend der Prinz von Homburg war oder der Franz Moor. Manchmal kommt er erst gegen Mitternacht, solang er noch Licht in Lilas Büro sieht. Woher er dann kommt, das Theater ist ja längst dunkel, weiß sie nicht. Nach Schnaps riecht er nicht. Manchmal kommt er nass wie eine Katze, als wäre er lang im Regen gegangen. Dann hockt er stumm da, sitzt tropfend in ihrem Büro, auf dem harten Stuhl, nah am Fenster, kerzengerade, die ganze Zeit, raucht, während sie Quittungen, Rechnungen, Bestellungen schreibt, kontrolliert, abheftet. Es ist fast dunkel hier, da ist nur die Leuchte mit dem grünen Schirm auf ihrem Schreibtisch und die Standleuchte an der Wand, ihr Licht spiegelt sich im Fensterglas vor dem dunklen Garten. An der Wand liegt sein langer Schatten. Es ist oft still bis auf das Rascheln ihrer Papiere und das kurze Fauchen seines Zündholzes. Er spricht kaum, wenn er kommt, sagt, er hätte den ganzen Abend so große Sachen gehört, da will er erstmal still sein. Lila lässt ihn, mag es, auch wenn's kein Wort gibt, bis er den Mund aufmacht. Man kommt nicht so leicht los, sagt er, lacht leise und sieht dann älter aus als er ist. Wie alt ist er? Jünger als sie?

»Wenn du neben dem alten Shylock spielst, bist du kein Österreicher mehr, kein Pole, Venezianer, was weiß ich, dann kannst du der beste Schaupieler der Welt sein, dann bist du nichts als der Laufbursch vom Jud, der Mensch geht dir nicht schnell aus den Knochen.«

Sie lässt ihn lang da sitzen, mag ihn nicht hinauswerfen, auch wenn sie ganz müd' ist. Einmal hat er gesagt, auf dem Stuhl bei ihr, da wär' er vor der Nacht sicher.

Er redet wenig, ist eh nicht wortreich veranlagt. So hat die mitternächtliche, nie vereinbarte aber eingehaltene Regel, den Schnabel im Zaum zu halten, ein stilles Einverständnis zur Folge, eine Intimität, die nur Wenige aushalten. Die beiden erleben's als Genuss. Man sagt, große ausgewachsene Bäume, deren Kronen sich berühren, führen so ihre Unterhaltungen.

Der Lachner ist also still, aber nicht stumm, spricht wenn's lohnt:

»Heut' Abend springt eine Ratte aus der Kulisse, huscht quer über die Bühne. Gleich im ersten Akt. Stell dir vor, das Viech entdeckt den Souffleurkasten ... springt hinein ... ein Schrei, ein Stuhl kippt, herrlich.«

Seine Zigarette glüht auf.

»Die arme Landau. Ist nicht zurückgekommen. Ist nicht so leicht, zwei Akte Shakespeare ohne die Landau im Kastl. Weg war sie.«

»Schreck! Ich wär' gestorben.«

»Die Ratz auch, Aug in Aug mit der dicken Landau.«

»Na, hör' auf, die Arme. Magst du Kaffee? Ich hol'.«

»Gern. Vielleicht kommt die Landau gar nicht mehr und geht zurück nach Linz. Sie hat vor Wochen schon gesagt, der Direktor wär' ihr ständig an die Wäsch', sie sagt, Freiwild bin i für dem, allweil tatschlt er da herum.«

»Warum lässt sie ihn?«

»Sie sagt, wann's...« Lachner lacht leise »... wann's wenigstens a Junger wär', aber so ein klebriger alter Schmutzler!«

»Warum geht sie nicht?«

»Kein Geld. Zuerst hat er ihr versprochen, er gibt ihr eine Rolle, sie müsst' nur erst lernen, wie man geht, sich bewegt. Sie sagt, er hat sie geschubst wie a Pupperl, nach links gedreht, nach rechts, hat ihre Füß' gestellt und immer mit die schwitzige Händ'.«

Lila räumt Papiere beiseite, gießt den Kaffee in zwei Schalen. Er steht neben ihr, schmal, dunkel, groß wie sie, der Kaffee duftet stark. Dann sitzt er wieder auf seinem Stuhl, schlürft, sie jetzt ihm gegenüber, sitzt auf der Schreibtischecke, nimmt kleine Schlucke.

»Er hat ihr Privatstunden angeboten, gratis, bei sich zuhaus, trotz Gattin und drei Mädchen.«

»So was erzählt sie dir?«

»Nicht nur sie.« Er stellt Tasse und Untertasse neben sich auf den Boden.

»Zwei Frauen bei uns arbeiten ohne Gage, schon ein halbes Jahr, er hält sie hin.«

»Warum gehen sie nicht, Lemberg, Wien, Prag.«

»Sie hätten nicht mal das Fahrgeld. Selbst wenn! Man verdient nirgends, wenn man nicht ganz was Besonderes ist. Eine kenn' ich, eine sehr Gute, die hat's im letzten Jahr für ganze zwei Gulden Spielhonorar gemacht. Nicht hier, hier wär's ja normal, nein, im feinen k.k. Burghoftheater am Michaelerplatz in Wien. Die wissen da genau, geht so ein Mäderl, macht's ein andres.«

Sie hat sich an ihn gewöhnt. Wenn Lachner spät ausbleibt, ist sie unruhig. Sie ist froh, wenn er klopft, auch wenn's bald Mitternacht ist. Solang Licht ist, klopft er. Seinetwegen bleibt sie auf, auch wenn nichts mehr zu tun ist. Manchmal bleibt er weg. Das gefällt ihr nicht, sie spürt da ist etwas, das fehlt, ist nicht herzuzaubern, der leere Stuhl am Fenster macht unruhig. Sie wartet auf die Schritte draußen auf dem Kies, er kommt durch den Garten, über die neue Treppe. Dann sitzt er ein paar Schritt von ihr, aber in der Nähe, im Halbschatten, sitzt da, bewegt sich kaum, raucht, sieht ihr zu. Irgendwann gibt sie ihm einen Schlüssel, sagt, er soll zusperrn, wenn er geht, den Schlüssel ins Fenster legen, geht schlafen. Sie weiß manchmal nicht, wie lang er da nebenan auf seinem Stuhl bleibt, schläft drüber ein, er geht nirgendwo anders hinein, sitzt im Büro, löscht das Licht, manchmal wacht sie auf, wenn er hinaus ist, auf Zehenspitzen, wenn er draußen den Schlüssel dreht, so leise er kann. Dann liegt sie schon mal die eine oder andere Stunde wach.

Sie weiß von ihm nur, was er ihr sagt, dass er Lemberger ist, nein, keine Freundin hat, keine engere, im Augenblick, zwei gehabt hat, aber keine fürs Ernste. Ob er dreißig ist, vielleicht, vielleicht jünger? Er spricht wenig aber schön, gar nicht wie ein Schauspieler. Er trinkt gern Kaffee, zuviel davon, raucht, nicht wenig, braucht längst ein neues Jackett, sie sieht's an den Ärmeln, ein streunender Hund. Es hat gedauert, bis es aus ihm heraus rutscht und er Lila sagt. Seit da sagt sie Franz.

Wie ist sie an den gekommen?

Er ist der Puck im ‚Sommernachtstraum' und sie sitzt bei der Premiere in der zweiten Reihe. Er macht es wie immer, er sucht im Publikum ein Gesicht, an das er sich hängen kann. Meist wird's eine Frau, selten ein Mann, Frauengesichter spiegeln, wie's gespielt wird. Männergesichter spiegeln Kurszettel. Er hat den Prospero einmal so völlig verträumt hinbekommen, dass er das Lächeln der Frau, der er sich anvertraut hat, nicht vergessen mag. Heute Abend ist es Lila. Lachner spielt wie immer, spielt, als spielte er nicht, als wär' er nicht da, als spränge statt seiner der Puck über die Bühne. Lila hat ihm den Puck geglaubt, das hat er gesehn. Bei der Premierenfeier im Foyer hat er sie wiedergefunden. Er spricht sie an, noch mit einem Strich Schminke hinterm Ohr, er weiß, hat gesehen, dass es ihr gefallen hat, also fragt er erst gar nicht danach, stattdessen sagt er:

»Ich hab' Sie noch nie im Theater gesehen, Sie sind nicht oft hier?«

»Leider, hab' keine Gelegenheit, wenn das Theater ist, bin ich in der Arbeit. Heute Abend hab' ich wieder gesehen, was mir entgeht, so ein schönes Stück, und alle haben wunderbar gespielt.«

»Arbeiten Sie denn am Abend?«

»Ja, am Tag und am Abend.«

Sie sieht ihm an, dass er fragen will.

»Im Hotel muss man das.«

»Ah, welches ist es?«

»Das ‚Venturini'. Ein paar Schritt' von hier.«

»Natürlich, ich kenn's, das heißt, ich war nie drin. Meine Gage ...«, er lacht wie er auf der Bühne gelacht hat, keinen Deut anders, »...meine gibt's nicht her. Obwohl, Sie haben ja auch das ‚Alltag' dabei, für uns normale Menschen, da bin ich schon einmal auf einen Kaffee nach der Vorstellung. Aber das ist nicht Ihre Kategorie?«

»Ich hab' lang drin gearbeitet, früher. Ich hab' Sie aber nie dort gesehen.«

»Bin erst ein Jahr da. Und ich frag' mich, ob's nicht schon zu lang ist.«

»Gefällt's Ihnen nicht.«

»Doch, doch, wir sind nicht schlecht, aber...«

»Aber?«

»Ist halt nicht Wien.«

Weg will er, denkt sie. Sie fragt sich, was es sie angeht.

«Und Sie? Was machen Sie in dem feinen Hotel?«

»Ich leite es.«

»...leiten es?«

Sie kennt das. Wenn's einer nicht sagt, denkt er's. Einer hatte die Frechheit, die Einwortfrage zu stellen: ›Sie?‹

»Verzeihung, blöd, bitte um Vergebung.«

»Nicht schlimm, Sie haben's ja gemerkt.«

Ihr Lächeln gefällt ihm.

»Aber Sie müssen zugeben, selten ist es schon, nicht?«

»Ich glaub' ja.«

»Wie sind Sie dahin gekommen?«

»Ich bin da groß geworden.«

»Ah, da kennt man sich dann schon aus, aber das wird ja nicht reichen, auch wenn man so schön ist. Verzeihn Sie, war wieder blöd. Denk mir nur, da müssen Sie wahrscheinlich doppelt so gut sein wie der beste Kerl.«

Sie lacht, lässt es so.

»Können Sie nicht häufiger zu uns ins Theater? Wir sind nicht schlecht, wirklich nicht. Auch wenn wir Provinz sind. Sie müssen doch öfter da heraus. Sie mögen das Theater, ich hab's gesehn. Es tut Ihnen gut.«

»Es tut mir gut?«

»Heut' Abend hat es Ihnen sehr gut getan, ich hab' Sie kontrolliert.«

Sie lacht.

»Dazu haben Sie Zeit? «

»Sie waren allein da.«

»Ja.«

»Warum?«

»Warum nicht?«

»Es ist ungewöhnlich. «

»Meine Freundin hat mich eingeladen, sie hat sich so gefreut, hat gesagt, ich müsse mit ihr hin, aber seit vorgestern hat sie einen bösen Husten.«

»Deshalb war der Sitz neben Ihnen frei.«

»Sie sollen lieber spielen, als spionieren.«

»Hab' gespielt. Heut' hab' ich für Sie gespielt.«

Lila lacht, als wär's nichts, aber es ist doch was.

»Sie spielen ja immer noch.«

Lachner schüttelt den Kopf.

»Ich hab‘ zuerst gedacht, Ihr Mann ist heut‘ verhindert, deshalb sind Sie allein. Dann hab‘ ich gedacht, nein, ganz falsch, Sie sind nicht verheiratet.«

Sie denkt, wir stehen gerade zwei Minuten da und kennen uns schon viel zu gut.

»Sieht es so aus?«

»Ja.«

»Wie sieht so etwas aus?«

»Als würd‘ Ihnen keiner fehlen. Es steht Ihnen.«

Lila seufzt., bitte, was für eine Antwort soll das sein.

»Danke.«

Das muss reichen, denkt sie.

»Ich möcht‘ Sie nach Haus bringen, darf ich ?«

Sie denkt, jetzt sind es drei Minuten.

» Bis zur Tür«, sagt er, als wär's nötig.

Es dauert eine Minute, bis sie ihr Garderobenbillett in der Handttasche findet, drei Minuten, bis er ihren Mantel hat, acht Minuten, die er in der Gasse neben ihr her ist, noch zwei Minuten durch den Garten, bis zur unteren Treppenstufe zu ihrem Büro.

»Was machen Sie jetzt, gehen Sie schlafen?«

»Nein, ich werde noch eine Mehlbestellung machen, dann noch die neuen Weingläser durchsehn und ...«

»Darf ich zuschaun?«

So ist sie an den Lachner gekommen. Am nächsten Abend ist er zum zweiten Mal in ihrem Büro gesessen, ist durch den Garten gekommen, über die weiße Treppe, zwei Stufen auf einmal, hat geklopft. Er ist dann nicht jeden Abend da, aber meistens. Mitte Juni war sie im Theater.

Jetzt ist schon September und sie sagen seit Mitte August nicht mehr ‚Sie', aber noch immer verwundert ‚Du'. Lila fragt nicht, was werden soll, sie lässt es gehen, solang's geht. Er wie sie. Beide haben gedacht, mehr wird für uns nicht vorgesehn sein, also freuen wir uns, dass es schon so viel ist. Also hat auch keiner vom Üblichen angefangen, sie haben erwachsen getan und gedacht, sie halten das große Wort aus dem Spiel. Das große Wort haben sie erst gar nicht ins offizielle Vokabular gelassen. Dann, in den Gedanken, die jeder für sich allein spinnt, hat es sich schließlich doch gemeldet, hartnäckig, mehrmals am Tag, öfter noch in der Nacht, bei beiden, bei ihm früher als bei ihr, ließ sich nicht wegschlagen, war da und ging nicht. Je länger sie miteinander umgehn ist der große Bogen, den sie um das große Wort machen kleiner und kleiner geworden. Als es endlich über die Lippen will, haben sie versucht, es totzuschlagen:

Sie: Aus uns wird nichts.

Er: Du bist das und ich bin das.

Sie: Du bist zu gern da und ich zu gern hier.

»Außerdem kann ich dich nicht ernähren«, versucht er's mit einem mageren Scherz, als er nach Mitternacht aus ihrem Büro ist und sie hinter ihm zusperren will. Im Türspalt noch hat sie gelacht: »Aber ich dich. Drei Mal kann ich dich ernähren, aber das hältst du nicht lang aus.«

Die Bredouille, in die die zwei geraten sind, ertragen wir schmerzlos. Uns tut's ja weniger weh, dass sie den Lachner vielleicht ziehen lassen muss, und dass der Lachner weg will, auch wenn sie nicht mit will, ist auch zu verstehn. Der junge Mann träumt von einem Theater, das er hier nicht haben kann. Er möcht' nach Berlin, hat er schon gesagt, am liebsten, zum Emil Lessing, ans Lessing-Theater. Der Franz Lachner glaubt, er wär's wert, er müsst' es versuchen, wär's sich schuldig. Hier ist's nicht schlecht, hat er gesagt, aber die Verhältnisse sind halt eng. Manchmal ist das Schönste am ganzen Stück die Probe, gerade wenn wieder kein Geld da ist, eine ordentliche Bühne zu bauen und man keinen Alfred Roller aus Wien bezahlen kann, der aus Nichts Alles machen kann und man da zusammenhockt und ständig improvisieren muss. Der Lachner hatte die Idee, den Räuber, den Franz Moor lispelnd und stotternd zu spielen. Er wollte ihn nicht lächerlich machen. Er wollte zeigen, dass ein Sprachfehler reichen kann einen Buben, der immer gehänselt wird, bös' zu machen.

Der Regisseur hat ihn ausgelacht, er soll spielen, was der Schiller geschrieben hat, bei dem gäb's keine Lispler.

Manchmal geht die Truppe nach einem Reinfall glücklicher ins Wirtshaus als nach einem Erfolg. Weil man beim Zusammenraufen gespürt hat, dass die Kunst durch den Raum geht wie der Heilige Geist. Da zählt kein Applaus, erst recht nicht der Kritiker im Lokalblatt, der auch noch eine Freikarte für sein Gschmusi verlangt. Enge Verhältnisse. Schon der Theatergendarm ekelt ihn an, der in jeder Generalprobe mit gezücktem Stift hockt und auf jede Silbe achtet, ob sie so im abgestempelten Drucktext steht und nicht anders. »Einer, der nie ein Theater betreten würd', wenn er nicht zur Zensur herkommandiert wär'.«

Regelrecht in Rage kämpfen kann er sich, nicht laut aber giftig. »Was soll das für ein Theater sein, in dem ein Graf nicht dämlich, ein Bischof nicht lüstern und ein Beamter nicht bestechlich sein kann. Das Theater darf bei uns nix, nix, gar nix, ist stumm. «

Der Lachner macht sich keine Illusion, er weiß ja, dass man ihn auch in Berlin oder Graz oder Salzburg festgezurrt an der Leine führen wird, aber er macht sich Mut:

»Ich vertrau auf den Emil Lessing da in Berlin. Der braucht die Zensur nicht zu fürchten, der umspielt sie. Bei dem muss man zwar auch sagen ‚der Herzog lebe hoch' wenn's so im Stück steht. Aber beim Emil Lessing würd's da klingen wie ‚knüpfen wir ihn auf!' Da weiß' jeder, was gespielt wird. Außer die Polizei.«

Lila dagegen: Weg will sie nicht. Denn bitte, welcher Mann, welches Kind soll ihr das ‚Venturini' ersetzen. Wie hat der Giacinto gesagt: Die Kerle müssen schon stärker sein als das ‚Venturini' und die Lila zusammen. Und wenn es bis jetzt keiner wert war, dann wird's aber langsam Zeit. Frau Lila Glik ist jetzt immerhin vierunddreißig, ein gehenktes Mädchen, wie einer gesagt hat.

So steht's um die beiden bis auf Weiteres.

Eines Morgens findet das Hausmädchen den Lachner. Es ist noch kaum hell, als Paulina die große Milchkanne an der halboffenen Bürotür vorbeiträgt und ihn da sitzen sieht, kerzengerade im Stuhl, die langen Hände auf den Knien, den Kopf, den Adlerkopf, dunkles Haar, ganz ins Genick geworfen, mit offnem Mund, schaut aus, als wär' er tot. Oder als würd' er schallend lachen, sitzt da, wie aus

Wachs. Als Paulina hört, dass er einen Aussetzer beim Atmen hat, läuft sie weg. Ab da weiß es das Haus, ab da hält es die Luft an. Der Venturini hält sie schon länger an. Er hat den Lachner ja früh im Garten gesehn und sich Verschiedenes gefragt. Man muss dem Venturini lassen, er behält die Nerven, schaut genau hin, greift nicht ein. Solang's gut geht, Hut ab. Sollte es schief gehen, es wäre seine Sache, wir dürften dann immer noch sagen, er hätte es sich denken können.

Der Balkaneser.

Der Herbst dreizehn ist wassergeizig, kommt dafür mit scharfen Blitzen und wüsten Sturmgewittern. Eine der alten Kastanien im Restaurantgarten hat's in der Nacht krachend gerissen. Der Oblak sagt, wenn Kastanien fallen, kommen unruhige Zeiten.

Es ist wieder so ein schwüler Abend, der nichts Gutes ahnen lässt, da steht ein ziemlich feiner Mensch im Foyer. Wenn das Zimmermädchen Paulina ‚ein ziemlich feiner Mensch' sagt, muss man im Bilde sein. Paulina würde sagen, dass von dem guten Dutzend Herren, von denen sie sich gelegentlich unterstützen lässt, ein maximal halber ein feiner Mensch ist.

Der hier ist ein sehr langer, sehr spindeldürrer, sagen wir bis auf Weiteres ein ziemlich feiner Herr.

Mit seinem Eintritt ändert sich die Art, wie das ‚Venturini' riecht. Jedes Hotel hat ja seinen eigenen Duft. Riecht das eine nach dem Alter seiner Teppiche, riecht das andere nach der Politur seiner Möbel, duftet das eine nach dem Geld seiner Gäste, sagen andere Herbergen unserer Nase, dass wir es nicht weit gebracht haben, abgestiegen sind, sozusagen.

Im ‚Venturini' jedenfalls duftet es mit einem Mal nach Rosen. Nun ist das ja so eine Sache. Ruiniert der Rosenduft schon bei kleinster Übertreibung das Ansehen einer Dame, macht der gleiche Duft am Herrn den Mann zum Narren. Hier aber liegen die Dinge anders. Der Mann, so fein er sein mag, schleppt eigenhändig aus der Schwüle von draußen ein kupfernes Behältnis herein, ein Fass, sagen wir ein schweres Fässchen, einen Kanister. Es ist das Behältnis, dem der Rosenduft entweicht, obwohl es fest verschraubt ist. Der Portier Mincu, der sich mit Gepäck auskennt, schätzt die Last auf vierzehn Kilogramm.

Lassen wir den Angekommenen das duftende Fass absetzen und sich dem Chef der Rezeption, dem Oblak, bekanntmachen:

»Mein Name ist Doktor Madara, Sie haben meine Reservierung parat.«

Guten Abend hätte er zur Not auch noch sagen können, hat er nicht.

So ein langes Mensch, denkt der Oblak. Trotz der mageren Kürze des Sätzchens, hört der Oblak den angelernten Habsburgerton, mit einem deutlich bulgarischen Kern heraus. Der Balkaneser legt Wert auf die letzte Silbe des Sätzchens, besteht darauf, dahinter einen Punkt zu setzen.

»Ich erwarte Ihr ruhigstes Zimmer.« Punkt. Wieder ein ‚Bittschön‘ gespart.

»Natürlich, der Herr Doktor, Herr Doktor Madara, sehr herzlich willkommen. Wir haben die Ehre, Sie gern für drei Tag‘ bei uns haben zu dürfen? «

»Ja. «

Das ist die knappste Silbe, die es gibt, aber selbst danach hört der Oblak den Punkt.

»Dürfen wir hoffen«, sagt er, »dürfen wir hoffen, der Herr Doktor haben sich angenehm hergereist, der Abendzug scheint sich ja heut‘ ausnahmsweis‘ pünktlichst benommen zu haben, was ja neuerdings nicht eine kleine Kleinigkeit ist. Manchmal fährt er sich ja gleich ein paar Stündchen hinterdrein.«

Warten wir die Antwort nicht ab, wir können sie uns denken.

Gerade noch hatten wir einen einsilbigen Doktor im Ohr, schon können wir ihm nun das schöne Pragerdeutsch des Herrn Oblak zur Seite stellen: Als wär's bei einem Gassenplausch auf der Kleinseite lässt der Oblak den Abendzug als ‚Abntzuck‘ einlaufen und die ‚kleine Kleinigkeit‘ wächst bei ihm zur ‚kalaijnen Kalajnichkhajt‘ heran.

Der Oblak Marek, einigen wir uns auf die böhmische Rangfolge, Vatersname, Rufname, weiß genau, wen er da vor sich hat. Nach dreißig Jahren auf seinem Vorposten kennt er sie alle, auch wenn er sie zum ersten Mal sieht. Der Oblak vermutet schon nach den knappen Wortkrumen, dass der Doktor Madara da vor ihm zwar gerade aus Kasanlak kommen mag, unten aus dem Rosental im Herzen Bulgariens, wie es seine Papiere sagen, aber dass er eher einer aus dem südlichen Melnik ist, wo das Bulgarische schon den griechischen Strich hat. Der Oblak behält so was für sich, jeder weiß, in diesen Zeiten schürt Nationales schnell Magensäure.

Alle hat er sie im Ohr, den Serben, der ihm mit slawischen Konsonantenschnüren kommt, den Bosnier, der so dunkel spricht, als hätt' er gar nichts gesagt; kommt einer aus Mostar, hört der Oblak gleich die Maghrebinergrammatik heraus, der Kroat', wenn er nicht ganz und gar Slawe ist, kommt mit dem katholischen Ton, besonders wenn er aus Agram stammt; der Slowener, erst recht dessen Gattin, die klingen beide venezianisch, der Albaner spricht eilig, als hätt' er noch den Türken im Nacken, der Rumäne dekliniert sich am Lateinischen vorbei, der Grieche pfeift sein Teekessel-S an den Zähnen entlang, dann die Polnischen, die beinah französisch tönen, der Litauer, der schon den Finnen ahnen lässt, dann die vielen weiter Östlichen und die ganz und gar Östlichen, unter denen die Ashkenasim den Stimmeneintopf dieser Stadt mit einem ganz und gar durchgewalkten Deutsch würzen. Alle hier kommen sich sprachlich entgegen um ein Glückchen zu machen, Geschäftchen einzufädeln, Zimmerchen zu beziehen, sich mit der Syphilis anzufreunden, eine Liebe zu finden oder eine Grabstatt unter ihresgleichen. Selbst die Friedhöfe bemühen sich hier um Nachbarschaftliches, die Müllers firmieren im Tod brav als Müllerowie, die Fischers als Fischerowie, weil sie irgendwann zufällig unter die Fuchtel der Polen gerutscht sind. Selbst im Streit wahrt die babylonische Parallelsprecherei vorläufig noch Eintracht. Man beschimpft den anderen höflich in der eigenen Sprache, damit der nicht beleidigt schaut. Obwohl, wenn so ein rechteckiger Deutscher über eine krumme Mauer wettert, wird der polnische Polier das schon heraushören, auch wenn er schwört, dass sie doch fast pfeilgerad ist, *prosto jak szczypta*. Man müht sich um Geschmeidigkeit und folgt dieser klugen Gewohnheit wie das Kälbchen der Kuh.

Die Stadt hier am ausgefransten Rand des Habsburger Flickerlteppichs beweist – mal augenzwinkernd, mal mit zusammengebissenen Zähnen – dass man sich im k.u.k.-Traum von der Quadratur des Vielvölkerkreises immer noch häuslich einrichten darf, kann, muss. Immerhin ist man hier soweit verabredet, dass man sich nicht unangemeldet schlägt. Zuhaus kann man am End' nur sein, wo das Messer in der Küche bleibt. Natürlich gibt's auch hier welche, die sagen, es wär' anderswo viel besser, aber selbst von denen will keiner weg. Wie sagen die Juden hier: Gehen kannst du, aber denk, wo kommst du hin?

Auch der dünne Doktor wird nicken, er ahnt schon, dass bei ihm daheim quer durch seine blühenden Rosenfelder bald wieder Soldaten trampeln und Kugeln pfeifen werden, Rosenduft und Pulverdampf geben eine hässliche Mischung. Man streitet sich durch die Jahrhunderte da im engen Balkan, als wär's die große Welt. Wie die Kesselflicker streiten sie dort. (Sag einer, warum man einen so ehrbaren Berufsstand verleumdet.) Man schlägt sich die Schädel ein, nur weil manche das Kreuzzeichen falsch herum machen, Schläfenlocken abgeschnitten gehören, der

Schweinsbraten Sünde ist, das Minarett ein spitziger Dorn im Auge, der Teufel die Kirchenglocke läutet, der Acker des Nachbarn Grund genug ist, ihn schon vor dem Frühkaffee zu überfallen.

Auch hier in der Bukowina hält der Kitt der verordneten Nachbarschaft nur noch mit Müh' und Not. Er tut's seit dem einunddreißigsten August Siebzehnvierundsiebzig, als die Detachements eines unter Hämorrhoiden ächzenden Majors in Czernowitz einreiten. Der Kaiser hat ihm befohlen, liebevoll gegen seine Völker in der schönen Bukowina zu sein und recht höflich und bescheiden mit allen umzugehn. Herausgekommen ist eine ausgefuchste Art, allesamt hübsch an der Kandare zu halten, jedem ‚abislgem', allen ‚abislnehm'. Bisl sehr streng ist die Kandare allerdings immer gewesen, klagen viele. Zum Glück, sagen andere. Man wird schon sehn, wohin das führt.

»Heut' am Nachmittag, verehrter Herr Doktor, ist übrigens für Sie bereits eine Depesch' herein. Ich darf Sie Ihnen herreichen, bittschön, der Herr Doktor.«

Der Herr Doktor öffnet das Couvert, liest, schaut bös, nickt.

»Danke«. (Na, immerhin!) Er steckt das Papier ein. Drin war gestanden: »L. ist mit dem Nachtzug dir nach. Ich nehm'ihn. H.«

Der Doktor weiß, für wen das L steht und wer hinter dem H. steckt. Wir bald auch. Lassen wir's für jetzt dabei, es wird zwar noch ärgerlich, aber nicht jetzt.

Ein Bulgar, ein ‚Balkaneser' also, ist der Mann der letzten Silbe, der Doktor Madara. Das freundliche Zimmer im ersten Stock weist er zurück, weil es über der Küche liegt, mag sie noch so hochgeschätzt sein. Auch das Zimmer zwölf im zweiten Stock mag er nicht, weil es nach der Katze Venturinis riecht. Weder die Etagendame noch der Page Leo wollen eine Spur davon bemerkt haben. Aber der Doktor hat eine gute Nase. Venturinis Kater nächtigt dann und wann auf zwölf, wenn ein bestimmter Stammgast eintrifft.

Der Doktor zieht in Nummer sechzehn, bemängelt zwar die abgestandene Luft, aber sein Duftfass wird schon Abhilfe schaffen. Er stellt es mitten ins Zimmer, erfrischt sich kurz, geht hinunter zum Abendessen. Den Schlüssel vom Zimmer zieht er ab. Es wird nichts helfen. Nach dem Abendessen wird der Duft noch da sein, nicht aber der Kanister. Sagen wir's gleich, der Doktor wird nicht überrascht sein. Mehr noch, er hat's herausgefordert. Im Grund hat er's geplant. Soweit sind wir aber noch nicht. Der Doktor ist einstweilen beim hervorragenden Boeuf.

Lila Glik ist durch den Oblak informiert, dass ein Herr Doktor Madara aus Kasanlak eingetroffen ist, ein offensichtlich sehr kritischer Gast. Dass die Chefin ihn persönlich begrüßt, wäre deshalb nicht dumm.

Jetzt steht sie zwei Schritt vor dem Tisch, sagt lächelnd:

»Herr Doktor Madara, guten Abend und guten Appetit, wir freuen uns, dass Sie bei uns sind, wir hoffen, es schmeckt Ihnen bei uns?«

Der Doktor tupft die Mundwinkel, links, rechts, mit der Serviette, legt sie neben das Glas mit dem Bordeaux, streicht sie glatt, braucht etwas lang dafür, schaut endlich hoch zu ihr, sagt »Danke«, Punkt.

»Sie sind zum ersten Mal unser Gast, das freut uns sehr, ich bin Lila Glik und gern für Sie da. Der Herr Doktor sind sicher in Geschäften bei uns?«

Angesichts der erfreulichen Erscheinung hätten die meisten Herrn sich nun breiter im Kragen gereckt, aber der Doktor sagt nur »Ja«, als wär's schon eine viel zu lange Rede.

Viele Gäste erfahren, so wie gerade der dünne Doktor zum erstenmal, dass heutzutage kein Frack mehr die Tête in einem Grandhotel machen muss, sondern dass es, ja soll's denn wahr sein, eine Frau macht. Noch dazu ein Hochgewächs im schwarzen Taftkleid mit einer violetten Atlasschleife um die Hüfte.

»Sie sind...«, sagt der Madara, der Mann denkt immerhin soll er aufstehn, sitzenbleiben, aufstehn?

»Lila Glik, Herr Doktor, fragen Sie gern nach mir, wenn wir etwas für Sie tun können, ich darf Herrn Doktor einen recht angenehmen Aufenthalt bei uns wünschen.«

Da bin ich also aufgestanden, stellt er fest.

»Danke«, Punkt.

»Vielleicht haben Sie hernach noch Gusto auf einen Kaffee in unserer Bar, wir würden uns freuen.«

»Danke sehr.« (!!!)

Sie lächelt dem Doktor zu, wendet sich zum Gehen. Der Balkaneser registriert Verlust und wächst über seine knappe Umgangsform hinaus.

»Madame, bitte ...«

Nicht wahr? Das ist ja schon fast ein Satz.

»Bitte sehr, der Herr Doktor.«

Sie wendet sich zum Madara zurück, Taft raschelt, der Mann verspürt, wie angenehm das ist.

»Ich erwarte morgen um eins einen Geschäftsfreund. Reservieren Sie bitte für Monsieur Loriol und mich im Café einen Tisch, wo wir ungestört sind.« Punkt.

»Natürlich Herr Doktor, wir reservieren Ihnen gern auch einen Konferenzraum, falls Sie es wünschen.«

Der Doktor wünscht nicht.

»Nein.«

Und, tatsächlich:

»Danke.«

Sie denkt, sieh an, vielleicht meint er das ebenso freundlich wie ein Redseliger, nur eingekochter. Sie geht mit einem Lächeln und ihrem Seidenrascheln, er bleibt, stellt fest, dass er wieder sitzt.

Als der Doktor Madara sein Abendessen beendet hat und in seiner Zimmertür steht, sagt ihm ein kurzer Blick, was wir schon wissen: Der Rosenduft hängt noch im Raum, aber der Kanister ist fort.

Da steht der dünne Mensch, stemmt die Arme in die Hüften, macht einen Mund wie man eine Kerze ausbläst, nickt, nickt nochmal. Dann kleidet der Doktor Nikolai Madara sich aus, macht sorgfältig Nachthygiene und schläft durch.

Wie's war, wer's war und warum.

Als der Portier Mincu gesehen hat, wie der Doktor durch's Foyer zum Abendessen gegangen ist, hat er den kleinen Flügel der großen Eingangstür geöffnet und einen Menschen von draußen herangewunken. Der Mann, ein Dicker, trägt einen Klempnerkasten an der Schulter. Der Mincu nimmt den Generalschlüssel aus der Schublade vom Oblak, der Feierabend hat und sagt zum Pagen Leo, der am Empfang die Stellung hält:

»Auf Sechzehn rinnt die Wasserspülung, ich hoff' der Spengler kriegt's hin, bevor der Doktor vom Essen kommt.«

Der Mincu führt den Spengler hinauf zur Sechzehn. Er schließt auf und bekommt dafür drei ansehnliche Scheine in die Hand. Er wartet ungeduldig, bis der Dicke wieder heraus ist, mit dem Spenglerkasten und dem Duftfass. Der Leo hat das zwar nicht gesehen, da war er im Postzimmer, aber den Duft hat er schon sehr deutlich in der Nase, als er wieder zurück im Empfang ist. Das Rosental liegt noch in der Luft, obwohl der Mincu die große Tür nach draußen sperrangelweit aufhält.

Arsenie Mincu ist ein tadelloser Portier, es gibt keinen, dem er nicht mit Schwung die große Tür geöffnet hätte. Aber keiner der Gäste – für die er meist Luft ist – keiner ahnt, dass der Arsenie auf dem Weg ist, Geschichte zu machen. Seit er im ‚Venturini' ist, seit drei Jahren, nimmt er aus Koffern. Die vertraut man ihm an, bevor man abreist, wenn man noch dies und das in der Stadt zu besorgen hat. Mincu gibt den Gästen ein Aufbewahrungsbillett, ‚Grand-Hotel Venturini' steht darauf. Er versorgt die Koffer, die Gäste gehen ihren Besorgungen nach, kommen zurück, geben dem Mincu ein Trinkgeld oder auch nicht, steigen in Selifan Paschwilis Droschke, fahren zum Zug und haben die schöne Brosche der gnädigen Frau nicht mehr dabei, oder die Manschettenknöpfe mit den Brillantsplittern des gnädigen Herrn, der für seine Schussligkeit zuhaus auch noch geschimpft bekommt. Das ist ein beständiges Einkommen für den Mincu. Den Erlös für die Broschen, Manschettenknöpfe, Korallenketten und Krawattennadeln, den er bei einem klebrigen Pfandler bekommt, behält er nicht für sich. Er wird dafür wieder Papier fürs Vervielfältigen kaufen. Es ist für seine gerechte Sache. Er denkt so, wie er es auf die Handzettel druckt, die er erst gestern Abend wieder im Umkleideraum des rumänischen Gewichtheber-Sportclubs verteilt hat, als alle in der Halle waren. Fehlerlos steht da in Rumänisch:

Erwache, Rumäne, aus deinem Schlaf des Todes,
in welchen Dich barbarische Tyrannen versenkten.
Jetzt oder nie, webe Dir ein anderes Schicksal,
vor welchem auch Deine grausamsten Feinde sich
verneigen werden!
Ergreife die Waffe, Rumäne!

Woher der Mincu sich den Sprachschatz borgt, weiß nur einer, der den Mann zuhaus besucht hat. Er wohnt in einem der ellenlangen Mietshäuser, in denen viele ihre dunklen Löcher ihrerseits noch teiluntervermieten, an alleinstehende Herren oder Damen. Auch der Mincu teilt sich seinen Bau. Er selbst haust in einem der beiden Zimmerchen zwischen seiner Druckerpresse, einem Schrank für drei Hemden und einem Regal über dem Diwan mit Schriften, die die Bukowina rumänisch machen wollen. Aus seinem zweiten Zimmerchen zieht er monatlich ein kleines Geld von einem jungen Weib namens Daniela Popa. Die Daniela wohnt hier zwar nicht, sie versorgt aber in ihrer Höhle wechselnden Herrenbesuch, bevor sie in der Früh irgendwann, irgendwohin, heimgeht. Mincu hat eine Feldplane auf eine Leine gespannt, zwischen seinem Zimmer und dem der Daniela. Der Vorhang schützt den Mincu vor dem Anblick der Besucher und die Kunden der Popa vor dem Einblick in den Druckmaschinenraum der Revolution. Der Betrieb stört den Mincu nicht. Dass nachts die Tür zur Popa drei, manchmal vier Mal geht, manchmal recht flott hintereinander, macht dem Mincu nichts aus. Erwacht er davon, nutzt er die Gelegenheit für den Gang zum Abtritt am Ende des Flurs. Belassen wir es bei dem Elend, denn wir sehen gerade noch mit einem Auge, wie der Dicke mit dem Kanister vom Balkaneser und dem Klempnerkasten im Rosenduft am Mincu vorbei ist und beim Hinausgehn »*Dobre*«, sagt.

Arsenie Mincu hat keinen Einblick in die Rosenölpreise. Hätte er, dann hätte er wieder den Beweis, dass die Kleinen im Leben nur übers Ohr gehauen werden. Die drei Scheine vom Klempner sind ein Vogelschiss gegen den Wert, den der Klempner davonträgt.

Der weiß genau, welch ein Vermögen er da schleppt. Er war ja schon beim Destillieren dabei. Er war beim Abfüllen dabei. Er ist ja praktisch die rechte Hand vom Madara. Er heißt übrigens Emiljyan Lillin, womit wir zugeben, dass auch ein Spitzbube ein Recht auf einen wohlklingenden Namen hat. Sein Initial, das L, steht, wir erinnern uns sicher, auf der Depesche, die der Doktor gestern vom Oblak bekommen hat.

Der dicke Thraker schafft schon drei Jahre beim Madara und hat schon zwei Mal abgezweigt. Vier Liter Rosenöl hat er dem Madara im letzten Jahr aus einem Hundertliterfass gezogen und das Fass mit vier Litern Geraniumöl aufgefüllt. Die vier Liter reines Rosenöl hat er an einen Parfumeur von der Krim verkauft. Vom Geld hat der Lillin die Hälfte eines russischen Trabers erworben. Der Orlow läuft für ihn in Baden bei Wien und macht ordentliche Quoten.

Dem Doktor ist im Vorjahr in einer Kontrollanalyse billiges Geraniumöl in einer Charge Rosenöl aufgefallen. Er hat niemandem etwas anhängen können, aber er hat gedacht, dass die Panscherei wieder geschieht und er besser achtgeben muss. In diesem Jahr hat er das Rosenöl für Parfums Loriol in Paris Tag und Nacht unter Verschluss gehalten.

Als der Lillin hört, dass der Doktor nach Czernowitz fährt, um die Ware persönlich beim Loriol abzuliefern, sieht er für dieses Jahr seine Felle schwimmen. Dann aber denkt er, nu was, fahr‘ ihm nach, schau, wo er absteigt, es wird sich schon Gelegenheit finden ans Öl zu kommen.

Besser, es gelingt dir dort, dann kommst du daheim nicht unter Verdacht. Es geht sich leichter an als gedacht. Lillin sucht und findet die telegrafische Bestätigung und das Reichsbahnbillett auf dem Schreibtisch des Doktors. Sauber notiert er Zug und Hotel, nimmt Urlaub, fährt dem Doktor um einen Tag voraus, macht sich mit dem Mincu bekannt und verspricht ihm drei ordentliche Scheine.

Der duftende Thraker ist jetzt also mit dem Kanister durch die Lobby, ist schon draußen, verschwunden, fort. Arsenie Mincu hätte geschworen, kein Mensch hätte irgendwas bemerkt, aber das wär‘ dann ein unbeabsichtigter Meineid, falls es so etwas gibt.

Bemerkt und gerochen hat es der Page Leo. Der junge Mann ist der Liebling aller vier Serviererinnen, er wird mit Blicken und Gebäck von beiden Patisseriefräulein um die Wette verwöhnt, ist der Schwarm der Etagendamen, darunter die Mama, die auch ein Auge auf ihn hat, aber eher ein wachsames.

Der Jüngling ist ein Werk des Praxiteles, einer dem wurscht ist, dass er bildschön ist, ein echter Schatz. Die Mama hat ihn hereingebracht ins ‚Venturini'. Sie hat ihn der Lila vorgestellt, seither lernt er, was ein Page für ein Hotel wert ist: Dass ein Koffer eher auf dem Zimmer zu sein hat als der Gast, dass der Gast beim Eintritt ins Zimmer vollständig über alle Annehmlichkeiten, inklusive der neuartigen Klosettspülung, ins Bild gesetzt wird, dass das Zimmer auch dann mit einem freundlichen ‚Guten Tag, mein Herr, angenehmen Aufenthalt wünschen wir‘, zu verlassen ist, wenn's kein Trinkgeld gibt. Es muss sein Stolz sein, dem Geizhals noch das vergessene Necessaire zum Kutscher nachzutragen. Er lernt, wie man Karten für Konzerte besorgt, die seit Wochen ausverkauft sind. Er steht jeden Mittwoch früh um sechs auf der Leiter um die fünf Dutzend Kristalltropfen des Kronleuchters in der Halle mit Spiritus zu polieren. Diplomatisch zu antworten lernt der Leo, wenn Zudringlichkeit droht. Mitternächtliche Einsamkeiten vereinzelter weiblicher wie auch männlicher Gäste verlangen Einfühlsamkeit. Dass das ‚Venturini' keinen Wunsch offen lässt, hat Grenzen. Pagen, die es verstehen, sich zu verweigern, ohne sich und dem Hotel den Groll der Enttäuschten zuzuziehen, sind rare Spezialisten. Das ‚Venturini' kann sich glücklich schätzen mit dem Leo. Er wird schon seinen Weg machen, vielleicht den Empfang vom Oblak nehmen, wenn der in Pension geht. Alle im ‚Venturini' könnten sich das vorstellen, auch der Oblak hat das schon gedacht. Der Leo aber denkt anders. Er ist Jahrgang achtzehndreiundneunzig, schon bald, neunzehnvierzehn wird er zu den Rekruten müssen, so jung er ist. Der Kaiser ist mit dem Wehralter herunter, weil er bald dreieinhalb Millionen unter Waffen haben will. Warum? Weil er, wie die Leut' auf der Straße, das *Gfühl* hat, dass es mit Walzer tanzen bald aus ist. Der Leo will nicht zu den Rekruten. Er sagt sich, die Uniform und die goldenen Knöpfe sind fein, wenn's zum Tanzen geht. Wenn's ernst wird, ist's nicht mehr fesch. Leo hat im Museum Uniformen mit Blutflecken und Brandlöchern gesehn. Da kommt man ins Denken, da hat ja jemand drin gesteckt.

So, jetzt aber, was hat der Leo bemerkt?

Der Leo hat gesehn, wie der Mincu den Generalschlüssel aus der Schublade vom Oblak nimmt, den Klempner herwinkt und zum Leo sagt, was wir schon wissen: »Auf Sechzehn rinnt die Wasserspülung, ich hoff' der Spengler kriegt's hin, ehe der Doktor vom Essen kommt.« Der Leo ahnt nichts Böses, als die beiden zur Sechzehn hinauf sind. Er fragt sich nur, wieso der Türsteher den Auftrag mit dem Spengler hat und nicht er.

Kurz nach Sieben.

Am Morgen, es ist kurz nach sieben, Lila Glik gleicht mit dem Oblak am Empfang die An- und Abreisen des Tages ab, da steht Gustave Loriol vor ihnen in der Halle. Wer frühmorgens mit dem Zug aus Kiew hier anlangt, hat drei Eisenbahngesellschaften hinter sich, hat eine Schienenspur gewechselt, zwei Tage und Nächte durchlitten und damit das Recht zerknittert daherzukommen. Gustave Loriol steht da, frisch wie der junge Tag, riecht gut, hat einen wachen Blick, eine frische Pochette im Revers, sein Reiseanzug - makellos. Viele Frauen würden sagen, der Loriol wäre ein schöner Mann, wäre da nicht sein Stock. Auch wenn es ein eleganter, lackschwarzer mit einem silbernen Knauf ist, auch wenn der Knauf ein Kunstwerk ist, ein silberner Delphin, die Hand umfasst ihn, wie um den Silberfisch im Flug zu greifen, es bleibt ein Stock. Wer Gustave Loriol lange kennt, hat ihn nie ohne den hölzernen Begleiter erlebt; Kinderlähmung oder früher Unfall, irgend etwas

hat die beiden für immer zusammengeführt, er spricht nicht drüber. Im Lauf der Jahre hat der Stock dem Gang des Mannes trotz der eigentümlichen Asymmetrie eine beinahe fließende Natürlichkeit gegeben, wie's Synkopen in der Musik tun, möchte man sagen.
Wie war die Behauptung? Viele Frauen würden sagen, der Loriol wäre ein schöner Mann, wäre da nicht sein Stock? Die meisten Frauen wären anderer Ansicht. Sie – auch die Schwarze – würden sagen: Gustave Loriol ist ein ausgesprochen schöner Mann. Eleganz nimmt er wichtig, das sieht man, doch ernst nimmt er sie nicht. Auch seine frische Pochette ist nur ein frisches Tüchlein. Die mittlere Statur neigt nicht zur Askese und das kräftige glattrasierte Gesicht hat einen ersten Hang zum Doppelkinn, aber er wird schon auf sich achten. Die wachen Augen, das dunkle Haar, die schwarze gebändigte Locke seitlich der Stirn, Stock hin Stock her, alles addiert sich zu einer glücklichen Natur. Um zwölf wird er den Doktor Madara treffen, bis dahin wird er ein heißes Bad nehmen und sich ein paar Stunden Ruhe gönnen. Um elf möchte man ihn bitte aufwecken.

Sieben Uhr dreißig.

Der Doktor Madara macht dem Oblak auf dem Weg zum Frühstück in drei kargen Worten Meldung, dass jemand seinen Kanister entwendet hat. Der Oblak verständigt die Chefin. Sie trifft den Doktor vor einem Tellerchen goldener Banitza.

»Guten Morgen Herr, Doktor, ich bin entsetzt, Sie haben eine sehr unangenehme Nachricht für uns.«

Der Doktor macht keine Affäre, gibt ganz das Bild eines Menschen mit gebändigtem Blutdruck.

»Guten Morgen, Madame, so ist es. Ein genaueres Auge auf Ihr Personal scheint notwendig. Geschieht es einmal, geschieht es wieder. «

Zwei unerwartete Ereignisse haben stattgefunden: Eins, der Doktor ist umfangreicher Rede mächtig. Zwei, seine schulmeisterliche Weisheit empfinden wir, der Dame gegenüber, als wenig ritterlich. Muss er den Gockel zeigen? Aber er ist halt ein Mann und sie nicht.

»Entsetzlich Herr Doktor, das ist ... wir werden tun, was wir können... «

... Was soll die Frau auch sagen, bitte, was soll sie sagen? Der Doktor ist da schon weiter.

»Ich möchte, dass mein Besuch nichts erfährt.«

»Ist das ... - das Rosenöl ... - ist hoffentlich nicht für Ihren Besucher gedacht.«

»Es ist.«

»Um Himmels Willen, wie schrecklich, Monsieur Loriol ist um sieben eingetroffen, er bat um elf geweckt zu werden, Sie wollten ihn ja um zwölf treffen? Unter diesen Umständen ... soll es... soll es dabei bleiben

»Ja. « Punkt.

»So eine entsetzliche Sache.«

»Madame, wem sagen Sie das. «

Wir müssen jetzt ein paar Dinge sagen, die Lila Glik selbstverständlich nicht gesagt hat. Wie, Herr Doktor, bitte, wie kann man so schafdumm sein, etwas so Kostbares, in einem Hotelzimmer aufzubewahren? Sind wir nicht ein erstklassiges Hotel? Haben wir nicht einen sehr geräumigen Safe? Das hatte schon der Oblak der Lila gesteckt, als der Balkaneser den Verlust gemeldet hat.

»Wenn Sie einverstanden sind, Herr Doktor, werde ich jetzt die Gendarmerie rufen, wir werden tun, was uns möglich ist.«

»Madame, bitte keine Polizei.«

»Aber... werden Sie denn... werden Sie Ersatz schaffen können?«

Der Doktor schaut sie an, un peu blasé:

»Natürlich, was denken Sie. «

So viel Mitgefühl die Frau Glik - und selbstverständlich auch wir - dem Bestohlenen entgegenbringen, dem opaken Menschen ist es nicht gegeben, dass man ihn mag. Wenn man bös will, denkt man gar, er nimmt's als Spiel. Bitte, es wär' doch verständlich, bei der verhunzten Angelegenheit rote Flecken im Gesicht zu haben. Spielt die Geschichte arg verkühlt herunter. Auch wenn manche Herren ja eine seltsame Art haben einer Dame zu imponieren, hier geht's zu weit, wenn's nach uns geht. Warum sagt er nicht, was wir längst angedeutet haben. Warum bringt er die Lila in solch eine Situation! Nur um zu zeigen, was für ein Kerl er ist? Ach, Madara...

Dass der Balkaneser keine Polizei wünscht, ist seine Sache. Das ‚Venturini' will der Sache dennoch auf den

Grund, ist es sich schuldig. Lila lässt den Polizeioffizier Postolnik rufen. Er soll durch den Garten, nicht durchs Portal. Nicht ins Büro. In ihr Appartement.

Gegen Neun.

Bis der Postolnik kommt, spricht Lila zuerst mit Oblak. Der weiß nichts. Dann spricht sie mit Leo, der weiß auch nichts, vermutet aber was. Jetzt wird er die Geschichte mit dem Schlüssel und dem Mincu los.

Die Chefin lässt den Mincu kommen. Er soll im Büro sitzen, bis der Postolnik da ist. Der Mincu weiß, wer der Postolnik ist, mit der hiesigen Gendarmerie kennt er sich aus. Der Oberleutnant Postolnik kennt den Mincu ebenfalls, er kennt ihn über die Pfandler, die er regelmäßig besucht, weil die Hehlerei überhand nimmt. Aber die Pfandler können dem Postolnik auch nur sagen, dass der Mincu zwar immer wieder Broschen, Ketten, Uhren anschleppt, die weit über seine Gehaltsklasse hinausreichen, aber bitte, woher soll man wissen, ob er das Zeug wirklich von der Erbtante oder von der Auktion hat oder von sonstwo. Dann und wann meldet sich zwar ein gewesener Gast am Fernsprecher beim Oblak und fragt, ob man in seinem Zimmer seine goldenen Manschettenknöpfe mit Brillantsplittern gefunden hat, aber hat man natürlich nicht. Auch wenn, bitte, nochmals genauer nachgesehn werden soll, man hat leider nicht. Das Bagagezimmer im

,Venturini' ist ein Glücksfall für den Mincu und die Revolution.

Lila sagt dem Postolnik, was geschehn ist und schon erklärt der Polizist dem Mincu die nahe Zukunft.

»Schau, Mincu, tu dir die Lieb', wannst mir gleich steckst, wem du oben aufgesperrt hast, kommst vielleicht aus dem Loch, in das i di auf jeden Fall steck', beizeiten heraus, hörst, *dar repede.*«

,Aber schnell', hat er gesagt, rumänisch klingts noch schneller. Aber es wirkt nicht. Der Mincu ist kalt wie eine Leich', er ist mit dem Spengler zur Sechzehn, sagt er, damit der das Bidet repariert. Wer dem Spengler den Auftrag gegeben hat, weiß er nicht. Den Namen von dem Spengler weiß er auch nicht. Den Spengler hat er nie vorher gesehen. Lila schaut den Mincu an, als wär's ein Kind. »Wie können Sie einen wildfremden Menschen auf ein Zimmer lassen?« Der Mincu zuckt mit den Schultern.

»Er sah halt aus, wollnwirmalsagen, wie ein Spengler aussieht. Und irgendjemand im Haus muss ihm schon den Auftrag gegeben haben. Weiß ich's? Der Oblak war ja schon im Feierabend. War ja wieder mal kein anderer da, wollnwirmalsagen, der's geregelt hätt'.«

Nach seinem ersten Schuss in den Ofen nimmt der Gendarm beim zweiten kaum intelligenter Maß.

»Wieviel hast für den Schlüssel eingesteckt.«

Der Arsenie Mincu fährt wütend herum.

»Nix da, Herr Polizeioffizier. Hängen's einem ehrlichen Hund nix an. I nehm' nix und werd nix nehm, wollnwirmalsagen, im Gegensatz zu manch diversen. Ich hab nur einen Gefallen tun mögen dem Haus, den Marek, wollnwirmalsagen, vertreten.«

Der Oberleutnant Postolnik trinkt gern dann und wann eine Melange in Lilas Büro. Dann und wann heißt, er sitzt mindestens einmal die Woche rein zufällig eine halbe Stunde bei ihr. Er ist lang überzeugt gewesen, dass sie in ihn vernarrt ist. Sie würde sagen, sie hätte schon gemerkt, dass er nicht wegen der Melange da sitzt. Er hat ewig gebohrt. Ewig, und das bei seiner schnellen Natur. Widerstand gibt ihm die Sporen, das war bei seiner Frau schon so. Auch die hat ihn nicht gleich genommen. Lang denkt er, die Lila hat schon einen. Das stört ihn nicht, im Gegenteil, der Postolnik mag Ansporn. Als nichts vorangeht, hat er dann versucht sich die Frau zur Freundin zu machen, aber das Platonische liegt ihm nicht. Endlich begreift er, er rennt nicht gegen einen anderen Kerl an sondern gegen das Hotel. Da hat er gepasst. Darauf hat er neun Monate danach noch ein Kind gekriegt, regulär, von seiner Gattin. Dennoch grätzt es ihn, dass er vor den schönen Augen der Lila Glik nicht zeigen kann, wie er eine Schabe wie den Mincu in den Staub zwingt.

»Er hat ehrlich ausgeschaut, wollnwirmalsagen, hat einen Arbeitskittel gehabt und sein Werkzeug im Kastl. Ein Spengler halt. Hat gesagt, er muss hinauf, um die Wasserspülung. Man muss ja nicht gleich misstrauisch sein, wollnwirmalsagen, nur weil einer, wollnwirmalsagen, nur aus der Arbeiterklasse ist. Es wird sowieso Zeit, dass man in diesem Land endlich den Arbeiter auch als Mensch achtet. Den rumänischen Arbeitermensch in erster Linie. Der steht ja immer dann noch hinten an, wenn's längst nichts mehr gibt. Dabei kann der rumänische Arbeiter mehr Mensch sein, wollnwirmalsagen, als manch anderer.«

Am meisten ärgert den Postolnik, dass der Mincu schlauer ist, als er sich macht. Zuletzt, als der Mincu sieht, er kommt nicht aus der Sache heraus, hat er noch den Kaiser geholt, an dem soll man sich ein Beispiel nehmen, der hätte mit den kleinen Sozialdemokraten wenigstens seinen Frieden geschlossen – ohne sie gleich zu duzen, wie der Herr Polizeioffizier – während die Ächtsekutiefen und die Großkopfeten, wollnwirmalsagen, und so weiter. Was das mit dem Schlüssel zu tun hat, fragt der Postolnik, zur Antwort kriegt er das große Wort: Alles. Da war's dann genug. Der Postolnik kassiert den Arsenie Mincu. Er nimmt ihn mit, aus Verdachtsgründen der Mittäterschaft, mindestens aber wegen der Begünstigung einer Straftat, sagt er, aber in Wahrheit nimmt er ihn mit, weil er den Kerl satt hat. Bei der k.u.k. Gendarmerie ist das zwar keine rechtlich valide Begründung, wird aber gern als solche genommen. Mincu sagt beim Abgang, er ist ein ehrlicher Prolet, er lässt sich auch von der allerhöchsten Obrigkeit keinen Dreck einschenken. Weiters, wollnwirmalsagen, wolle er nicht gehen, weil… – Postilnik hat für so etwas einen Schnaps, allerdings steht der im Rollschrank drüben im Büro.

Die Lila hat den Mincu zum Teufel gejagt, aber losgeworden ist sie ihn nicht.

La Reine.

Es ist zwölf, da steht Monsieur Loriol frisch und ausgeruht wieder im Empfang. Er bittet die Chefin, dass sie ihn an den Tisch des Doktors führt. Er kennt den Madara seit Jahren, aber er weiß nicht, wie der aussschaut.

»Gern, Monsieur Loriol, haben Sie sich ein wenig erholen können von ihrer langen Reise? «

»Danke, Madame, ich habe gut geschlafen und freue mich auf die nächsten Minuten.«

»Dann darf ich Sie bitten, der Herr Doktor freut sich sicher nicht weniger, ich bring Sie gern zu ihm.«

Wie verlangt, kein Sterbenswörtchen, hat der Doktor gesagt. Wie soll das gehen, denkt die Lila.

Dann liegen sich die beiden Männer vor den Augen Lilas in den Armen.

»Ich hoffe, der Tisch ist den Herrn recht«, sagt sie. Die Männer lösen sich voneinander, nicken sich zu, nicken ihr zu. »Danke«, sagt der Madara. Auch Gustave Loriol hört zum ersten Mal den berüchtigten Punkt und addiert mit liebenswürdigem Lächeln:

»Danke, es ist sehr schön bei Ihnen, Madame.«

Was bitte, fragt man möglicherweise, was bitte führt den dürren Bulgaren und den eleganten Franzosen hier zusammen, an einen Ort, an dem beide regulär nichts zu suchen haben. Und was, was könnte man, denkt die Lila, lieber Himmel, was könnte man nur tun, dass es am End' so gut ausgeht, wie's anfängt.

Gustave Loriol hat wie jedes Jahr seine Dependance in Kiew besucht und reist jetzt heim. Die Filiale auf Kiews Flaniermeile, entwickelt sich blendend. Loriol hat seinen jährlichen Empfang gegeben und der war wieder ein Ereignis für *tout Kiew*. Man kann jedesmal mit Händen greifen, wie der wohlhabende Slawe das *Savoir vivre* schätzt, nasal parliert er, als wäre er im sechzehnten Arrondissement zuhaus. Ist's französisch, ist's *très bon*, vor allem wenn man's in den Mund nehmen kann. Loriol hat zwei Traiteurs von Auguste Fauchon anreisen lassen um die berühmten Canapées vor den Gästen zu zelebrieren. Augenblicklich entpuppen sich die vermeintlichen Gourmets als altslawische Bojaren, die stapeln auf Tellern, was sich auftürmen lässt. Auf einem einzigen hübschen Limogesteller drängen sich zierliche Quiche-Carrés, aber in welcher Menge: aux Saint-Jacques, aux Champignons, Quiche Saumon et Poireaux, Quiche Lorraine. Es fließt mehr Champagner als zum Silvesterempfang in der Zentrale Loriols an der Place de la Madeleine. Der große Wurf in diesem Jahr ist die Torte St. Michel aus dunkler Schokolade. Fauchons Konditor hat zierliche Kopien der vergoldeten Statue des Kiewer Stadtpatrons aus goldenem Zuckerguss gegossen, der auf der Nadelspitze der Kiewer Stadtduma auf einem Bein balanciert. Jedes Stück Torte trägt so ein Kleinod. Loriol sieht mit eigenen Augen, wie eine Dame mit ihrem Dessertmesserchen mit großer Sorgfalt ihren Heiligen Michael von der Schokolade löst, abhebt, den fragilen Schatz vorsichtig in eine Serviette bettet und in ihrem Handtäschchen verschwinden lässt.

»Verrückt«, lacht Loriol, »sie rauben uns jedes Jahr aus, aber sie geben uns alles wieder. Ich bin sicher, Parfums Loriol ist das exklusivste Parfum in Kiew. Der Erfolg wird unsere Filiale an der Fifth Avenue neidisch machen. Les americains sont des elites puritains, sie lieben der Geld wegen der Geld. Les gens de'l est sont des elites de luxe. Sie lieben der Luxus, als Abwechslung von der Steppe.

Soweit, was den Franzosen hier her führt. Nun aber, wie kommt der Balkaneser an den Tisch? Es klingt so nett wie einfach – Gustave Loriol hatte die Idee, einander auf halbem Weg entgegenzukommen, sich endlich persönlich kennenzulernen. Dafür nimmt der Pariser einen gewaltigen Umweg auf sich, um den Bulgaren zu treffen. Statt auf kürzestem Weg über Brest heim zu fahren, sitzt er hier und freut sich königlich. Der Doktor ist seit mehr als acht Jahren sein geschätzter Lieferant fürs Rosenöl. Und der Doktor, auch er hätte es einfacher gehabt, wenn er sein Rosenöl nach Paris geschickt hätte. (Vielleicht wär's dann jetzt da und nicht fort.)

Der Madara lebt davon, dass Rosenöl die Seele erstklassiger Parfums ist, mit Abstand ihre kostspieligste Substanz, mit Abstand die meistgepanschte. Das Rosenöl vom Doktor Nikolai Madara aus dem Rosental bei Kasanlak ist für Gustave Loriol, was die Traube vom Conti in Vosne Romanée für den Burgunder ist. Gäb's das Prädikat Grand Cru für die Rosenblütenessenz, der Doktor hätte es auf der Fahne.

Ab jetzt geht es hier im Café zwar auch um's Geschäft, aber nicht um's Geld. Da sitzen zwei beieinander, die jeder für sich einen entsetzlichen Aufwand betreiben für verschwindend kleine Maßeinheiten von immensem Wert. Nikolai Madaras hochdestillierte Kostbarkeiten dulden kein Geschacher um Münzen, Punkt. Loriols luxuriöse Essenzen wiederum zerstäuben zu kostbarsten Erinnerungen.

Jetzt öffnet der Madara ein schmuckloses Kästchen aus Ebenholz, darin liegen, auf schwarzem Sammet, drei kleine Phiolen aus kobaltblauem Apothekerglas, versiegelt mit plombierten Korken.

Der Doktor zieht die erste Wachsplombe, hält das Gläschen unter seine Nase, das Organ wie der Mann, sehr lang, sehr dünn, schließt die Augen, atmet den Duft, gibt die Phiole dem Loriol in die Hand, wortlos. Der gleiche Vorgang, aber ein anderes Werkzeug, Gustave Loriols Nase, kräftig im kräftigen Gesicht, dazu jetzt sein gehobenes Kinn, geschlossene Augen, gehobene Augenbrauen, zwei Männer bei der Arbeit.

Der Doktor: »Nun?«

Loriol zögert, öffnet die Augen: »Es ist Ihres, ich kenne es genau. Aber es ist ein klein wenig anders.«

Der Doktor nickt: »Die neue Variante. Gut?«

»Aber natürlich. Es ist excellent!«

Nikolai Madara nimmt die zweite Phiole aus dem Kästchen, öffnet sie, fächelt mit der Linken über die Öffnung, seine Miene ohne Ausdruck: »Zum dritten Mal destilliert.«

Loriol, jetzt das Fläschchen unter seiner Nase, lächelt, »Sehr elegant und noch eine Nuance frischer.«

Madara: »Kommt im nächsten Jahr. Eine Stunde frischer! Ich habe die Zeit vom Pflücken vor Sonnenaufgang bis zur Destillation am gleichen Vormittag um eine ganze Stunde abkürzen können.

»Das macht es noch intensiver?«

»Frischer, Gustave, ich sagte ja, frischer, um etwa sechs Prozent.«

»Ich brauche also sechs Prozent weniger von Ihnen. «

»Nein, Sie verkaufen sechs Prozent mehr. «

»Das heißt, Sie werden noch teurer.«

»Nein, Gustave, kostbarer. «

»Natürlich«, lacht Gustave Loriol.

Nicht wahr, man muss nicht lang über Geld reden, wenn's so hübsch zerstäubt.

Der Doktor hebt die dritte Phiole heraus, ein ganz altes schmutzigbraunes Glas mit Einschlüssen, unregelmäßig und stumpf. Er zieht den fast schwarzen Korken ab, riecht an der Öffnung, kippt das winzige Fläschchen, kein Tropfen rinnt heraus. Loriol nimmt es, riecht daran und nickt:

»Superb, auch wenn kein Tropfen drin ist.«

Der Doktor nickt, »Nichts als der Duft von 1846. Aus der letzten Ernte meines Großvaters. Er war der beste Destillateur im Rosental – auch für Rakia «, da lacht er tatsächlich, der Madara.

»Ich ahne Ihre Preise, Nikolai, also bleiben wir lieber bei Ihren Rosen.«

Der Doktor schließt das Ebenholzkästchen. Jetzt hebt er an. Man muss es so sagen, er hebt an, hält eine Rede. Man spürt, sie kommt von Herzen und man freut sich mit ihm, dass er sich Zeit dazu nimmt, er muss es sich vorher gut ausgedacht haben.

»Wann werden Sie uns besuchen, Gustave, Sie müssen bald kommen. Kommen Sie im nächsten Jahr, wenn wir ernten. Solang's noch geht. Bald wird der ganze Balkan gegen den Osmanen ziehn, bis er hinaus ist. Serben, Bulgaren, Montenegriner, auch der Grieche wird mittun. Und wenn der Türke hinaus ist, dann gehn wir alle aufeinander los. Es wird furchtbar. Kommen Sie, solang es geht. Sie müssen einmal morgens früh, noch bevor die Sonne kommt, in den Rosenblüten auf unseren Wagen liegen, Gustave, wenn wir die ersten einfahren, bis über die Nase werden Sie in Duft und Blüten liegen. Dabei werden unsere Mädchen neben Ihnen liegen, aus Ihrer Hand lesen und schöne Rosenlieder für Sie singen. Unsere Mädchen singen sehr schön und sehr laut, besonders wenn ein Mann ihnen gefällt.«

Der dünne Doktor aus Melnik! War etwa abzusehen, dass so einer sich so ins Gefühl legen kann? Der Mensch schillert, sobald ihm etwas am Herzen liegt.

»Wir sind sehr stolz, dass Sie unser Öl Ihr Parfum trägt.«

Der Loriol weiß, warum er beim Madara kauft. Rosenöl gäb's für die Hälfte. Jeder Rosenbauer wär' gern Lieferant von Parfums Loriol. In einem einzigen Jahr hat Orhan Fateje aus Güneykent die Qualität der Essenzen vom

Doktor erreicht. Aber Gustave hat noch in der Nase, was der Türke aus dem Rosental von Isparta ihm im Jahr danach liefern wollte. Auf den Madara ist dauerhaft Verlass.

Der Doktor lehnt sich im Sessel zurück und sieht wie die Frau Glik eine alte Dame untergehakt ins Café führt. Es ist lang her, aber wir erkennen sie wieder, die Hannatante. Hanna Glik wird sechsundachtzig sein, vielleicht sieben - gar achtunddachtzig, längst nicht mehr füllig, winziger denn je, mit offenen Augen für alle Gäste, an denen ihre Nichte sie sanft vorbei bugsiert. Sie bewundert den silbernen Delphingriff von Gustave Loriols Stock, da steht sie. Und da bleibt sie stehen,

»Wie elegant so ein Stock sein kann. So ein Schmuckstück hätt' ich auch gern, mein Herr.«

Gustave Loriol lächelt verbindlich.

»Merci beaucoup, Madame.«

»Guten Tag, Ihnen beiden, wie gefällt es ihnen bei meiner Nichte, Sie müssen wissen, ich bin ihre Lieblingstante.«

Sie rührt sich nicht vom Fleck, obwohl sie den Druck auf ihrem Arm spürt, mit dem Lila sie voranbringen möchte.

»Bitte, liebe Tante, die Herren haben ein sicher ein geschäftliches Gespräch, entschuldigen Sie die Störung, meine Herren.«

»Ach Kind, schenk' doch den beiden netten Herrn die Gelegenheit, mir das Kompliment zu machen, was für eine tüchtige Nichte ich habe. Außerdem ist es Sonntag, da arbeitet man nicht, was meinen Sie?«

Der Doktor meint im Augenblick wie erwartet nichts, aber ein freundliches Nicken bringt er hin. Loriol ist da schon weiter:

»Madame, bien sur, man sieht doch, dass Sie können alle beide stolz sein.«

Hanna sieht zu Lila auf, nickt: »Un vrai cavalier francais, n'est ce pas?«

Der Loriol schmilzt.

»Madame! Sie sprechen ohne Akzent. Das können nicht einmal die meisten von meine, wie sagt man, Landleute.«

Lila kapituliert. Man steht.

»Ich darf vorstellen, meine Tante, Frau Hannah Glik, sie war eine sehr strenge Französischlehrerin, Monsieur.«

»Ist, meine Liebe, ist. Ich lehre nicht mehr, aber Zensuren gebe ich immer noch. Monsieur, wo sind Sie zu Hause, wenn ich fragen darf? «

»In Paris, Madame, waren Sie schon einmal bei uns?«

»Ich hätte gern meine Hochzeitsreise nach Paris gemacht, Monsieur, aber leider hat sich kein Mann qualifizieren können.«

»Liebe Tante«, glättet Lila, »die Herrn dürften ernstlich beleidigt sein. «

»Wir entschuldigen uns. Nicht wahr, Sie wissen doch, in meinem Alter darf man auch sagen, was sich nicht schickt. Das nutze ich aus, so viel Zeit hat man ja nicht mehr. Ich habe meinen Schülerinnen...«Meine Tante hat die Schule für Höhere Töchter in der Stadt geleitet.«,

»... ich habe meinen sogenannten Höheren Töchtern immer gesagt, wenn ihr alt seit, und man euch nicht mehr ernst nimmt, dürft ihr reden, wie euch der Schnabel gewachsen ist, aber bis dahin habt ihr vornehm zu sein. Nicht wahr, Lila? Meine Nichte ist übrigens keine Höhere Tochter. Sie war nicht einmal meine beste Schülerin. Aber sie hat es weit gebracht. Die Beste hat es nur zur Baronin geschafft, wissen Sie, mit einem fetten Mops und sechsundreißigteiligem Meissen. «

Sie bläst die Bäckchen auf, man weiß nicht, Verachtung oder Luftnot.

»Jedenfalls habe ich mich gefreut, Sie kennengelernt zu haben, meine Herren, grüßen Sie Ihre schöne Stadt, sie wird wohl mein Traum bleiben. Wann werden Sie... «, an Loriol gewendet, »wieder den Eiffelturm sehen, der mir, verzeihen Sie, gar nicht gefällt, schrecklich, so ein Ungetüm in Ihrer so zauberhaften Stadt. Wie konnten Sie das zulassen?«

Überraschend - der Balkaneser zeigt Humor – soweit es ihm gegeben ist:

»Hätte man uns Bulgaren gefragt.«

»Ach, da schau, Kind, ich ahnte es doch, Sie haben das schöne Balkanauge, mein Herr, verzeihen Sie, meine Komplimente sind nicht die elegantesten, aber sie kommen von Herzen. Dann darf ich aber doch ...« Loriol registriert den nächsten Schubser Lilas, «fragen, bevor meine Nichte schimpft, ich sei aufdringlich, ... fragen, was Sie beide zu uns führt.«

»Ich finde, Tante, wir gehen zu weit. Die Herren hatten ausdrücklich einen Platz gewünscht, an dem sie ungestört sind. Lassen wir die Herrn ...«

Trotzig, nicht ernst und nicht unernst, stampft Hanna Gliks Stock auf.

»Aber was? Fallen wir lästig? Meine Herren, seien Sie ehrlich. Man kann doch ein paar freundliche Worte mit Menschen wechseln, für die es sich lohnt.«

Das schöne Balkanauge überlässt die Antwort dem Loriol.

»Im Gegenteil, Madame, wir freuen uns, mit Ihnen zu plaudern. Nehmen Sie doch Platz, nicht wahr, Nikolai?«

Der Doktor erhebt sich, der Ober kommt ihm zuvor, rückt zwei Sessel zum Tisch.

Hanna Glik lässt sich gern in den Sessel plumpsen.

»Merci, voilà, setz' dich, Kind.«

Hat jemand bemerkt, dass der Doktor es genießt, die Schwarze so nah an seine Seite zu bekommen?

Loriol übernimmt das Nächstliegende:

»Un café Mesdames, darf es ein Kaffee sein?«

Der Doktor zeigt Anspruch:

»Einen guten Mokka ?«

Lila: »Sehr gern.«

Der Doktor sattelt drauf:

»Serviert man Türkischen?«

Lila: »Natürlich, Herr Doktor.«

Der Doktor weitet sich noch deutlicher:

»Auf heißem Sand?«

Lila: »Auf Wunsch auf Sand, gern.«

Schachmatt, Herr Doktor.

Gustave Loriol denkt nicht an sich, sondern an die Damen:

»Mesdames, auch Sie?«

»Lila, mir bitte Cognac, Kaffee bekommt mir nicht.«

Man bringt Türkischen, im Kuperferkännchen, auf glühend heißem Sand, der Doktor schaut ungläubig. Da ist er, so heiß, dass man das Schälchen nur am Rand umfassen kann, nur mit den Spitzen von Daumen und Zeigefinger. Auf jedem der Untertässchen liegt eines der Ricciarelli, Gruß vom Pfau, zuckerbestäubt, wie es sich gehört. Was ist ein Nussbeugerl gegen meine Ricciarelli hat er gesagt, jeder Mokka liebt die Gesellschaft der himmlischen Rauten, wüssten's die Türken, sie würden's lieben.

»Ich denke, wir sollten uns Ihrer sehr sympathischen Tante vorstellen, Madame Glik«, Gustave Loriol weist auf den Doktor :

»Doktor Nikolai Madara, ich darf sagen, der Destillateur von der besten Rosenöl der Welt.«

Der dunkle Doktor nickt zwar nicht, würd' aber gern.

«Ah, Monsieur Gustave Loriol macht damit ganz ohne Zweifel das eleganteste Parfum der Welt.«

Hanna Glik seufzt behaglich in ihrem Sessel –

»Ach, Lilakind, ich wusste, wir sind unter kultivierten Menschen.«

Lila hofft auf die Ankunft der Bridgedamen.

»Der Herr Doktor Madara ist aus Kasanlak, aus dem schönen Rosental? Nicht wahr, Herr Doktor?«

»Ja.« (Punkt. So kennen wir ihn.)

»So ein schönes Land«, nickt die alte Dame, »hoffentlich bleiben Sie dort unten noch friedlich, bis es mich nicht mehr gibt. Bei Ihnen rumort es ja gewaltig, nicht wahr?«

Der Doktor bewältigt zwar ein Nicken, aber er mag nicht ins Politische.

Hannah Glik seufzt:

»Die Leute könnten sich ein Beispiel an unserer schönen Stadt nehmen. Sehen Sie Monsieur, meine Friseuse ist eine tüchtige Jüdin, der Leiter unseres Kinderchors ist Rumäne, mein Fleischer, na was glauben Sie, der ist Pole, mein Gemüse bringt ein Griech' und meine Röcke flickt mein armenischer Schneider. Nicht wahr, nennen Sie mir eine Stadt in der griechische, orthodoxe, evangelische, römisch-katholische und armenische Christenmenschen, unsere Muselmanen nicht zu vergessen und erst recht unsere Juden so klug miteinander umgehn, dass niemand erst gar nicht hitzig werden muss. Suchen Sie mal so eine Stadt.« Sie wendet sich dem Franzosen zu: »Wissen Sie, Monsieur Loriol, es geschieht Schreckliches mit unseren Nachbarn drumherum, alle scharren mit den Hufen, alle möchten größer sein als sie sind.«

Sie seufzt: »Dabei sind wir doch alle so winzig. Dabei wär' jeder allein ärmer dran. Schauen Sie, als alte Lehrerin werd' ich die einzige sein, die noch aufzählen kann, wem's unter unserm Brotherrn nicht so schlecht gegangen ist. Das Reich hat doch wirklich geschuftet, dass es bei allen vorangeht und keiner zu kurz kommt, meine Herrn, zählen Sie gern mit, von Berufs wegen hab ich sie ja noch parat: Bosnien, Herzegowina, Tschechien, Slowakei, Slowenien, Kroatien, dann Siebenbürgen, Banat, das Kreischgebiet, Teile von Sathmar, Südmarmarosch, die Südbukowina, sogar Montenegros Gemeinden an der Küste, das stille

Westgalizien, das arme Ostgalizien, die Karpatenukraine, die schöne Nordbukowina, Trentino-Südtirol, Julisch-Venetien, die Vojvodina, jesses, Österreich, Ungarn. Alle haben gemurrt, als sie herein sind, waren aber eine zeitlang froh, dass es vorwärts ging. Aber was hilft es, wenn am End' doch nur alle auf ihre eigenen Nasen schauen.«

Hannah Glik nippt Cognac:

»Wär' man schlau, könnte man hier den ganzen Glanz und das ganze Elend Europas im Brennglas anschaun und was draus lernen. Aber wer mag heut' schon noch lernen.«

Durch den sonnigen Nachmittag im Café des ‚Venturini' zieht gerade ein Seufzer Melancholie, er huscht grad durch, auch über das kleine Gesicht der alten Frau.

»Sie werden's erleben, am End' ist unser armer Kaiser schuld, dass alle Welt da herumrevoluzioniert. Und hinterher ist er wieder Schuld, dass er sie nicht beisammen gehalten hat.«

Die Tante spürt schon, dass sie auf dem besten Weg ist, dem schönen Sonntagnachmittag den Garaus zu machen, aber so ist das im Alter, man will's doch noch einmal gesagt haben.

«Ist es nicht so? Herr Doktor, Sie sind ein so stiller Mensch, Ich kann mir nicht vorstellen, dass Sie je Unsinn reden, sagen Sie doch bitte mir zuliebe, dass Sie meiner Meinung sind. «

Der dunkle Doktor senkt den Kopf.

»Ich möchte gern zustimmen gnädige Frau, aber bin ich anderer Meinung. Wenn ich mir den Balkan anschaue, ich glaube, da müsste zuallererst Ordnung gemacht werden, rigoros.« Punkt.

Die Tante blickt den Doktor keineswegs überrascht an, legt beide Händchen über den Griff ihres Stocks und nickt, als hätte sie's geahnt:

»Das mit der Ordnung ist so eine Sach' , Herr Doktor, und das mit dem Rigorosen erst recht. Alle, die irgendwo auf der Welt, ob am Balkan oder am Kilimandscharo Ordnung schaffen wollen, denken, es braucht da zuallererst einmal Haubitzen. «

Doch dann, mit einem Blick auf die Nichte, dreht Sie's:

»Aber Sie haben uns nicht in ihre Gesellschaft eingeladen um über den Weltuntergang zu schwatzen. Wie heißt Ihr Parfum, Monsieur Loriol? «

Man spürt die Erleichterung über den Salto am Tisch.

»Es heißt ‚La Reine', Madame.«

»Dann bitte ich zu entschuldigen, dass ich es nicht kenne. Das Aristokratische geht mir leider ab.«

»Mir auch, Madame, mir auch, aber wir sind ein bisschen stolz, es war der Parfum von Marie-Antoinette.«

Gustave Loriol verhakelt sein adrettes Deutsch mit dem Eigensinn der französischen Grammatik.

»Der Papa von mein Grand-Père hat gesagt: Mein Parfum soll heißen ‚La Reine', also muss es Madame la Reine tragen. Sie hat nie mit ein Sous bezahlt, aber wir waren erlaubt zu sagen, voilá, Loriol ist *Fournisseur de la cour royale*. Er hat nur ein ökonomischer Fehler getan: Die Königin hat nicht erlaubt, dass ein andere Frau trägt unser ‚La Reine'. So macht man Histoire, aber kein Geschäft.«

Nicht wahr, das Deutsche wird adrett, wenn man's spickt.

»Er hätte gern mehr verkauft davon, bien sur. Aber er war schlau, hat schnell neue Parfums gemacht, damit alle Damen am Hof zufrieden sind. «

»Parfums und französische Geschichte, wie passend.« Die Tante fühlt sich wohl, nippt Cognac. Der Doktor nimmt Anteil:

»Hat ‚La Reine' heute noch den gleichen Duft? Haben Parfums damals so geduftet wie heute ?«

Loriol lacht »Mais non, Nikolai! Es war schrecklich aufdringlich, war für Davonlaufen. Aber damals, die Damen waren so in Konkurrenz, da muss man, wie sagen Sie: Man muss hervorstechen. Dazu kommt, pardon Mesdames, das regelmäßig Bad war noch nicht á la mode.«

Sein Brillantring blitzt auf, als er belustigt auf ein rotbraunes Eichhörnchen zeigt, das draußen vor dem Fenster durch die Kastanie tanzt.

»Man sagt, als la Reine vor die Revolution nach Varennes geflohen hat, hat sie ihre Zofe aus Orleans nach Paris retour geschickt, weil die hat unser Parfum nicht eingepackt. Sie hat es dann tatsächlich geholen, aber... man hat sie in Blois erwischt und der Parfum weggestohlen.«

Die Tante kennt sich aus, führt den Loriol auf ein glattes Parkett:

»War sie es nicht, die dieses furchtbare bon mot...«

»Mauvais mot, Madame, pardon, dass ich Ihnen unhöflich ihr Wort nehme, es ist wirklich ein très mauvais Wort, sehr böse. Sie hat es nie gesprochen, so war sie nicht. Zu sagen, wenn die arme Leut' kein Brot haben sollen sie doch Kuchen essen, ist ihr in der Mund gelegt, sie hätte so nie gesagt, sie nannte sich ja selbst la Reine von der Dritte Stand, auch wenn sie hatte tausend Kleider.«

»Es scheint, Sie sind Royalist, Monsieur, in diesen Zeiten.«

»Mais non, Madame, aber lieber eine Königin wie sie als so ein Diable wie Robespierre. Was ist gegen ihr Einstellung zu sagen, dass Élegance etwas sehr, sehr wichtig ist? Selbst auf die Guillotine hat sie nicht nur getragen ihr schöne Schuh' von Maitre Lapalisse, sondern, bitte Madame, auch ‚La Reine' von Maitre Loriol. Woher sie noch heimlich hatte, on ne sait pas, keiner weiß.« Der Mann nährt seine Hochachtung mit einer kräftigen Prise Verehrung.

Nichts dagegegen! Nur weiter!

»Als sie mit ihr Fuß, mit ihr schöne grüne Schuh, auf die Treppe zu die Guillotine der Henker auf der Fuß tritt, ohne Absicht, Messieurs, ohne Absicht, sie hat gesagt: Pardon, Monsieur, das wollte ich nicht. So war sie. Oui, pardon Monsieur, das wollte ich nicht.«

Der Parfumeur nickt mit erhobenem Kinn. »Der Henker, Monsieur Sanson, hat gesagt, nachher, als er ihr Kopf oben auf die Lanze vor die Leute präsentiert, er hat gesagt, er hat noch der schöne Parfum in sein Nase.«

Zum ersten Mal seit ihrer Schulzeit rückt die Maria Antonia Johanna Josepha ins Blickfeld der Hannah Glik, der kopflose Schatten jetzt im Café ‚Venturini', am Habsburgerrand, das Reich trägt noch immer ihren Namen, schickt ihren späten Verehrer bis hier her, so nah an den russischen Schlagbaum. Die Seine ist näher als die Moskwa, denkt Hannah Glik, Europa ist klein, hat die Tante gerade gesagt, ist immer unruhig, und wird – man riecht schon Pulver - noch unruhiger werden und nie klüger.

Während alle sich gut unterhalten ist es der Lila, als wäre der Diebstahl nur ein schlechter Traum. Sie fragt sich, woher der Doktor seine Gelassenheit nimmt. Natürlich ahnt sie, dass der Wert, um den der Doktor in ihrem Haus geprellt wurde, ein enormer ist. Aber wie enorm der ist, ausgerechnet aus dem Mund des liebenswürdigen Franzosen wird sie es jetzt erfahren.

»Haben wir genug von ‚La Reine' gesprochen, was wäre der Parfum ohne die Kunst von diese großartige Mensch, Mesdames.«

Wie alle, die etwas ganz Besonderes können, hat auch der Madara nichts dagegen, gelobt zu werden. Man wirkt bescheiden, ohne es sein zu müssen.

»Stellen Sie sich vor, Mesdames, für ein einziges Gramm von sein Rosenöl muss er nehmen, Nikolai, dit moi, zweitausendsechshundert Blätter von die Rosenblüten?

»Zweitausendfünfhundert, Gustave, nur zweitausendfünfhundert...«, sagt der Doktor, als wär's nix.

»Was für ein Zahl, zweitausendfünfhundert, zweitausendfünfhundert Blätter von die Rosenblüten für ein einzigen Gramm von sein Öl! Und wieviele Gramm darf ich morgen mit nach Paris nehmen? Nikolai, sechzehn Kilogramm, Mesdames, sechzehn!«

Während Lila den Atem anhält, rechnet, wer rechnen kann, Hannah Glik vornweg:

»Das sind in Gramm, - sechzehntausend, das heißt, ...wenn Sie für ein Gramm Rosenöl zweitausendfünfhundert Rosenblüten brauchen, dann sind das, oh je, zweitausendfünfhundert multipliziert mit sechzehntausend, Herr Ober, bittschön, ein Stückl' Papier und Ihrn schönen Stift, sein's so lieb.« Der Doktor ist schneller als Lehrerin und Ober. Ohne Papier und Stift und ohne die Stimme zu heben sagt er:

»Vierzig Millionen.«

Da schaut man sich recht groß an, der Loriol die Tante, die Tante die Nichte, die Nichte den Doktor, der Doktor den Ober.

»Also werde ich morgen in mein Coupé ein Essenz von vierzig Millionen Rosenblüten unter mein Sitz haben. Mon dieu.«

Die Tante denkt folgerichtig ans Geld.

»Das muss ein immenser Wert sein, über den wir da sprechen, nicht wahr? «

Loriol nickt, natürlich kommt er nicht mit Zahlen, aber einen Eindruck gibt er doch:

»Wir hatten Jahre, da war ein Achtel Liter Rosenöl von Monsieur Madara teurer als drei Unzen Gold von meiner Bank, n'est ce pas, Nikolai?«

Der Doktor nickt, schaut beschwörend auf die Frau Glik, deren Augen von einem Loriolsätzchen zum nächsten, weiter und weiter geworden sind. Da war's also heraus. Kein Wort zum Diebstahl, hat der Doktor verlangt. Er hat's nicht in der Hand gehabt. Der Loriol hat's geliefert.

Die Bridgedamen, sind längst da, winken ungeduldig von ihrem Tisch her.

»Mein Gott, Kind, nach so was jetzt zum Bridge? Wie profan. In was für eine interessante Gesellschaft sind wir geraten. Lila, bitte hilf mir auf, deine Sessel sind wie geschaffen, nie wieder herauszukommen. Einen herrlichen Stock haben Sie, Monsieur Loriol.«

Hanna Glik seufzt und winkt den Damen am Bridgetisch zu. Damit man's dort nun auch gewiss hört, verabschiedet sich Hannah Glik vernehmbar:

»Messieurs, es war mir ein Vergnügen so außergewöhnliche Menschen kennenzulernen. *Au revoir.*«

Die beiden Herren stehen. Der Doktor tritt einen etwas knappen Schritt zurück, lässt Lila Glik passieren. Ein sehr knapper Schritt ist das, deshalb hört nur sie, was er da mit gesenktem Kopf zu flüstern hat:

»Madame, kein Wort zur Sache. « (Fehlt ein Bitte, na sagen wir's für ihn.)

Nochmals die Tante, deutlich genug für den Bridgetisch:

»*Au revoir*, Monsieur Loriol, und Sie lieber Herr Doktor, *shte se vidim otnovo.* « Lila nimmt Hannah Glik beim Arm, schiebt sie sacht vorwärts, die Tante lehnt den Kopf an

Lilas Schulter, flüstert: »Lila, das war zu aufregend für mich. Deine Hand ist eiskalt, Kind, hör' auf zu rechnen.«

Aufgelöst ist die kleine Versammlung. Hannah Glik spielt ein sehr zerstreutes Bridge, Gustave Loriol zieht sich für ein oder zwei Stunden zurück, er wird ja morgen früh wieder für zwei Tage und Nächte auf der Bahn liegen und es wird heute sicher ein langer Abend, mit Nikolai, einer der ganz raren, der vielleicht nicht wiederkommt.

Der Bestohlene hat getan, als ging's ihn nichts an. Aber dass der gute Loriol die Sache so herzhaft geraderüttelt, die Lappalie in einen Großraub verwandelt, der die Lila zu Tod erschreckt, das hat der Balkaneser nicht voraussehen können, muss es aber schon, bitte sehr, auf die eigene Kappe nehmen. Das tut er endlich auch, geht hin, bittet Lila um Verzeihung. Er sagt, wie's ist, in gewohnter Kürze: Dass das Duftfass ein Köder war. Dass stark Gepanschtes drin war und nicht viel wert war. Dass er den Dieb gut kennt. Dass er ihn überführt. Dass er die Frau Glik zum Stillschweigen vergattert hat, nur damit Loriol und er diesen wunderbaren Tag genießen konnten. Und dass er morgen früh dem Loriol die echte Charge von sechzehn Kilogramm Madaraware mit auf den Zug gibt – und er das ‚Venturini' und seine Chefin noch einmal, ja, tausendmal um Verzeihung bittet. Punkt. – So hat er's, wenn auch spät, mit der längsten Rede seines Lebens gebeichtet. Geendet hat er mit der knappen Neuigkeit:

»Sie sehen, Madame, die Welt ist schlecht.« Punkt.

Lilas Absolution fällt verständlicherweise schmal aus: »Ich bitte Sie, Herr Doktor, wir sind glücklich, dass es ausgegangen ist, wie Sie's geplant haben.« Gedacht aber hat sie Unzitierbares – man hätt' es nie und nimmer im Vokabular der Glik vermutet.

Wir sollten nachtragen, weil's die Geschichte glättet, wie der Loriol mit seinem Kanister randvoll mit erstklassigem Madaraöl am nächsten Morgen auf die Bahn ist. Der Balkaneser lässt den Kutscher Paschwili einen Umweg fahren, zuerst geht's zur Bukowiner Sparkasse. Ferdinand Balsam, der Bankdirektor, öffnet selbst, es ist Montag früh, vor der Kontorzeit. Aus seinem Tresorraum schleppt der prustende Mann einen Kanister her, der aufs Haar dem Behälter auf Madaras Zimmer gleicht. Seit der Doktor in der Stadt ist, verwahrt er ihn wie verabredet. Der Balkaneser kontrolliert die Plomben, hinterlässt ein Fläschchen Rosenwasser für die schöne Frau Balsam, versorgt den Kanister neben dem Paschwili auf dem Kutschbock und ab geht's zur Station.

Man spricht in hier nicht vom Express, hier ist er schlicht der Zug. Man ist hier nicht in Paris oder London, wo man auf den Orientexpress pocht und das Wort Odessa östlichen Zauber verspricht. Manchem ist es hier schon östlich genug. Man sieht den Zug lieber von Wien her einlaufen als vom Schwarzen Meer. Man besteht darauf Abendland sein, den Breitengrad mit Paris zu teilen, slawisch war man lang genug, polnisch lang genug, moldauisch, türkisch, österreichisch, was war man nicht alles lang genug, und wer weiß, ob nicht auch der Russe schon bald hereinschaut ohne anzuklopfen - um endlich Ordnung zu schaffen, wie der Balkaneser es genannt hat.

Madara trägt dem Loriol den Kanister ins Separée. Eilige Umarmung, liebenswürdige Worte, da ist der Pfiff. Der Zug holt Luft, stöhnt, verschluckt sich, ruckt vor, zurück - wohin will er nun, da entschließt er sich, Loriols weißer Panama winkt aus dem Fenster, Doktor Madara winkt bis sein Panama nur noch ein heller Punkt ist. Damit verabschieden wir die beiden aus ihrer Geschichte im Hotel ‚Venturini'. Ist es nicht wie immer? Den einen sieht man ungern gehen, den andern ist man endlich los.

Noch etwas ist nachzutragen. Der Emiljan Lillin ist nicht daheim in Kasanlak angekommen. Hatte der Bruder vom Doktor nicht gesagt, er wär' ihm nach, würd' ihn nehmen?

Er hat ihn genommen. Er hat dem Lillin persönlich die Waggontür geöffnet, auf der Rückfahrt, nicht am Bahnsteig, nein, bei der höchsten Geschwindigkeit, im dunkelsten der dreiundzwanzig Tunnel der Transbalkanlinie.

Zwei Frauen.

Das war im Sommer und es ist immer noch der gleiche Sommer, heiß und geschäftig dazu. Die umgestürzte Kastanie ist fort. Auf dem glatten Stumpf steht ein großer Topf mit hellblauem Plumbago. Auf dem Weg zum Rollzimmer läuft Paulina der Chefin hinterher.

»Frau Chefin, darf ich Ihnen kurz sprechen?«

Am Ton weiß die Lila, es pressiert. Paulina wird am Sonntag neunzehn, aber das ist es nicht. Paulina ist im dritten Monat, aber auch das ist es nicht. Der Filou ist fort. Das ist es. Sobald ich's spüre, hat Paulina sich vor einem Monat gesagt, wenn's wieder nicht ist, schreib' ich ihm, dass er kommt. Aber zuerst geh' ich zur Chefin. Sie soll's wissen, als Erste.

»Nicht hier, Paulina, komm ins Büro.«

Kaum schließt die Lila die Tür hinter dem Mädchen, da sagt Paulina es ihr ins Gesicht:

»Frau Chefin, ich krieg a Kind.«

Sie versinkt weder im Fußboden, noch geht sie den Augen der Chefin aus dem Weg, schaut ganz ruhig, wartet was kommt. Lilas erster Blick geht zum Bauch. Paulina lächelt, da sieht man doch nichts, denkt sie. Deshalb bin ich ja hier. Sie soll's nicht erst wissen, wenn man's sieht. Keiner weiß es, nicht mal er. Die Augen, und das was Paulina gesagt hat, und ihre Ruhe, das passt zusammen. Dennoch ist da etwas hinter der Stirn der jungen Frau, da kann sie noch so ruhig schauen und gelassen tun, etwas ist da, denkt die Lila, es wär‘ besser, es wär‘ nicht da.

Die Paulina ist eine Zuversichtliche, ihr Liebster ist fort, aber er kommt ganz sicher: Er hat versprochen mich zu holen und wenn er hört, dass sein Kindchen kommt, holt er mich schnell. Sie hat es sich schon ganz am Anfang gesagt. Lila braucht einen Moment. Vielleicht zufällig, vielleicht nicht zufällig, sie setzt sich nicht hinter den großen Schreibtisch, sondern auf einen der beiden Stühle zum offenen Fenster. Sie legt ihre Hand auf den anderen Stuhl und sagt »Setz dich her.« Paulina setzt sich, die Hände im Schoß. Zwei Frauen sitzen da nebeneinander, schauen nach vorn, wo es nichts zu sehen gibt als das Grün der großen Kastanien, nichts zu hören als die alte Uhr vom Venturini an der Wand.

»Woher weißt du?«

»Es ist nicht gekommen.«

Wie ruhig sie ist, denkt Lila.

»Wie lang schon?«

»Es hätt‘ vor zwei Monat sollen. Und jetzt wieder nicht.«

»Manchmal bleibt es aus und es ist trotzdem nichts.«

»Ist aber schon zwei Mal nichts und jetzt schon eine Woche drüber.«

Außerdem weiß sie genau, das Kindchen ist wach. Wenn sie im Restaurant putzt und leise summt, weiß sie genau, es lauscht. Auch wenn sie Zimmer macht, sich in Badewannen bückt, sie weiß, es bückt sich mit. Aber das muss sie der Chefin nicht erzählen. Die beiden Frauen sitzen nebeneinander und sind still. Nebeneinander ist so viel einfacher als gegenüber.

»Wer ist es? Jemand aus dem Haus?« Lila denkt, vielleicht ist es Leo, sicher der Page. Paulina blickt nach vorn, lächelnd, schüttelt den Kopf.

»Nein, er heißt Friedel. Und Beitel.«

Lila denkt, der Leo wär‘ besser, den hätt‘ ich im Haus.

»Was sagt er?«

»Er weiß es noch nicht, ist nicht hier, ich hab’s ihm geschrieben.«

Lila weiß jetzt, was hinter der Stirn ist.

»Wo steckt er?«

»In Brody. Geschäftlich.«

Galizien, denkt Lila, ist schon weit weg.

»Wann kommt er ?«

»Er holt mich, sobald sein Geschäft läuft.«

Es läuft noch nicht, denkt Lila.

»Dann kommt er nicht so bald? Du bleibst bis ... bis dann bei uns?«

»Möchte gern, muss schon noch, bin ja nicht krank. Bis er mich holt. Kann ich...? ...«

Lila nickt, legt ihre Hand auf die beiden Hände im Schoß der Paulina.

»Was macht er?«

»Er ist selbständig, mit Uhren.«

Lila nickt wieder.

Es ist gut, nebeneinander zu sitzen. Paulinas Hände liegen ganz ruhig übereinander auf ihrer Schürze, ihre wasserhellen Augen blicken geradeaus ins Grüne, aber wie durch's Grün und alle Kastanien der Welt hindurch.

»Er hatte zuerst Ledertaschen, aber er sagt Uhren sind besser."

Lila beugt sich zur Seite, zieht ihren Kalender vom Schreibtisch. Sie blättert, zwei Monate zurück, neun Monate vor.

»Weiß es schon jemand ?«

»Nein.« Paulina schaut Lila an, Lila schaut Paulina an.

»Sag', wenn er schreibt.« Paulina nickt. Eine helle Locke fällt in die Stirn. So ein Mädchen, denkt Lila, so jung, und dann so einer.

»Er schreibt bestimmt schnell. Ich sag's dann.«

Lila nickt.

»Ist er von hier?«

»Von Radautz her, er hat's ein halbes Jahr hier versucht, aber er sagt, in Lemberg wär's sicher besser.«

»Warum ist er dann nach Brody, da ganz oben heraus, bald in Russland. «

»Er sagt, er will schauen, ob er auch zum Russen exportiert.«

Paulina sitzt gerade, blickt nach vorn, als sähe sie nichts als die schönen schattigen Bäume. Sie hat etwas vogerlhaft Neugieriges, ihre Nase, immer im Wind, ein bisl lang für ihr rundes Gesicht. Sie lacht gern, was ihr gut steht. Sie ist beliebt im Haus, erst recht bei den Gästen.

»Tut Dir was weh?«

»Gar nicht, ich kann arbeiten.«

»Gut, Paulina, sag' wenn was ist.«

»Ich wollt's Ihnen nur sagen.«
»Das war klug, Paulina, ich dank' dir. «
Lila schreibt einen Zettel. Da steht: Dr. Landau / Paulina.
»Wir sprechen später«, sagt Lila.
»Mach' dir keine Sorgen, sag, wenn was ist.«

Lila will zum Venturini. Nicht wegen Paulina, das regelt sie schon selbst. Sie möchte seinen Rat wegen der Alkoholkonzession. Doch Giacinto Venturini ist aus. Mit dem Rebzierl im Opel. Richtung Bojany, hat der Oblak gesagt. Weshalb, wüsst' er nicht. Konnte ja nicht wissen, dass die Yulia Demikadze in da irgendwo ihren Lustpalazzo im Grünen hat. Dass der Venturini dorthin zum Gegenbesuch ist, weiß der Oblak auch nicht. Dass er den Rebzierl dorthin mitnimmt, erst recht nicht. Und dass der Maler Rebzierl und die Yulia Demikadze gute alte Bekannte sind, woher soll der Oblak das alles wissen.

Die diskrete Siebte.

Gäste, die im fünften Stock die schlichteren Zimmer nehmen, genießen dafür ein hübsches Erlebnis. Sie schweben lautlos in einem Lift hinauf, kommod, wie in einem winzigen Zimmerchen. Drin sind Seidentapeten, eine florentinische Wandleuchte, ein auf Maß gewebter Isfahan und ein Spiegel mit Goldrand gegen die kurzzeitige Einsamkeit. Spätestens nach fünf Etagen aber muss man hinaus. In die Sechste fährt der Lift nicht. Die sechste Etage gehört den guten Geistern, da wohnen die fünf Zimmermädchen, drei Küchenhilfen und die beiden Saalkellner in ihren Kammern und die müssen über Treppen hinauf und hinab. Über die Sechste hinaus steigt der Lift nur, wenn der Empfang es mit einem elektrischen Knopfdruck erlaubt. Reguläre Gäste haben in der Siebten nichts verloren, also auch nichts zu suchen. Da oben aber, dem Himmel ein Stückchen näher, führt das ‚Venturini' ein zweites Leben. Rechter Hand geht es in Venturinis Spielsaal, links geht's zu der großen Mansarde des Malers Soma Rebzierl.

Der Maler Soma Rebzierl hat vom Venturini da oben unter dem Schrägdach aus alter Freundschaft ein schönes Atelier bekommen. Manchmal weint Soma seinem alten Atelier im Kameliengewächshaus vom Schober nach, das ihm jahrelang mit seinen gekälkten Fenstern ein wunderbar weiches Licht zum Malen gegeben hat, bis der Schober ihm gekündigt hat. Dass der Rebzierl dort reihenweise seine großartigen Rubens gemalt hat, hätte den Schober nicht gestört. Es wäre ihm nicht einmal aufgefallen. Er wusste ja nicht einmal, wer der Rubens war. Gekündigt hat er dem Rebzierl, weil seine Tochter Regina allzu oft ins Gewächshaus ist.

Als Soma Rebzierl dem Venturini bei einer Ausfahrt von der Kündigung seines Ateliers erzählt, hat der gespürt, wie das den Maler mitgenommen hat. Noch auf der Rückfahrt hat er dem dem Rebzierl gesagt:
»Ich lass' ein Fenster ins Dachgeschoss brechen «
»In welches Dachgeschoss?« hat Rebzierl gefragt.

»In meins, rückseitig, links.«

»Warum?«

»Da kannst du malen.«

»Du bist narrisch.«

Er hat's tatsächlich gemacht, wie immer in seinem Leben, er hat gemacht, was er wollte.

Um gleich zwei Fliegen mit einer Klappe zu schlagen hat Giacinto dann genau so ein Fenster auch ins andere Ende des Daches gebrochen, spiegelgleich zum rebzierlschen Atelier am andern Ende. Da hat Giacinto einen diskreten Spielsalon hineingesteckt. Die Lila hat er über das Atelier und die Spielerei ins Bild gesetzt. Der Bedarf ist da, hat Giacinto gesagt, erst recht seit der Justizminister die Liste der verbotenen Glücksspiele ins Lächerliche geschraubt hat: Pharao verboten, Würfeln verboten, Baccara, Poker, Einundzwanzig, Halbzwölf, Zwicken, Labet, Tippen, Pochen, Frische Vier, Tartel mit aufgeschlagenen Terzen, sogar das infantile Meine Tante - Deine Tante, alles indexiert. Aber Spielen will man, vor allem, wenn man muss.

Damit keiner vom Spieltisch abgelenkt wird, nur weil's draußen hell wird, bleibt das Fenster mit doppelten Velourvorhängen Tag und Nacht zugezogen. Lederpolster, Teppiche, dreifingerdick, lassen keinen Laut hinaus, ein Küchenaufzug bringt Getränke und Speisen hinauf für die Wenigen, die sich dafür Zeit nehmen. Der diskrete Zugang trennt die Spieler vom Rest der Welt, eine Tapetentür lässt nur herein, wenn das Morsezeichen akkurat geklopft wird.

Der Venturini verdient gut unterm Dach. Das Haus achtet auf's Publikum. Bis so ein russischer Grundbesitzer wieder nach Baden-Baden oder Bad Ems kommt, lässt er im ‚Venturini' schon einmal Luft und Geld ab. Ungarische Viehbarone nehmen es von Freitagnacht bis Montagmorgen mit Beruflichen aus Rumänien auf, Minenbesitzer lassen Vermögen im ‚Venturini', mancher verliert beim Chemin de Fer nicht nur seine beste Kutsche, sondern auch die Pferde, mit denen er die Kutsche zurückgewinnen wollte. Man bekommt die Herrn im Hotel kaum zu Gesicht, aber der Oblak weiß genau, wem er er Nächtigung, Imbiss und Champagnerbatterie bis zum nächsten Mal stunden kann. Die wenigen Stabsoffiziere Ihrer Majestät, die es sich von Geblüt aus gerade noch leisten können bei den deftigen Einsätzen mitzuhalten, wagen sich nur herein, wenn der Generaloberst der Garnison am Abend selbst spielt.

Auf der anderen Seite des Daches wird ehrlich gearbeitet. Rebzierls Kunst ernährt ihn und seinen Agenten. Alle vier, fünf Jahre ist Daniel Smajatin aus Petersburg, rein zufällig, in der Nähe, wenn irgendwo in Europa ein Gemälde auftaucht, für das sich Rubensspezialisten interessieren sollten. Mal entdeckt Samjatin eines in einem Weinkeller im Chianti, mal holt er, ja da schau her, ein angeschimmeltes Mythologiestück aus einem Antwerpener Beginenhof. Zuletzt lässt er die Sakristei eines siebenbürgischen Kichleins einstürzen, um eine Maria Magdalena aus dem Geröll zu retten. Während die Experten prüfen, schickt Samjatin die Presse auf die Fährte. Die Auktionshäuser werden hellwach und von da an saust der Wert des Fundes ins Erfreuliche. Jeder möchte ja, dass ein neuer Rubens ein echter Rubens ist, also soll's bittschön, auch beglaubigt sein.

Rebzierl ist so gut, dass kein Zweifel bleibt, stilistisch nicht, werkgeschichtlich nicht, bis hin zur Rahmung mit alten Nägeln. Nicht einmal olfaktorisch wird man beim Rebzierl eine moderne Farbe riechen.

Dass Samjatin es durch sein Geschick und Rebzierls Kunst zu einem feinen Palais in Beauville an der schönen Cote d'Azur gebracht hat, stört den Rebzierl nicht. Der bleibt beim Venturini unterm Dach, malt seine Rubens, malt auch einmal eine Auftragsarbeit vom Verschönerungsverein von Czernowitz, letztens eine köstliche Blumengirlande, rund um die Decke des Opernhauses der Stadt, eine Idee der schönen Frau Balsam, Gattin des Bankiers der Bukowiner Sparkassa. Die hat er übrigens auch gemalt. Sie sei so schön, hat er gesagt, dass es nicht zum Sagen ist. Aber das ist eine andere Geschichte.

Venus im Spiegel.

Seit der Rebzierl sein neues Atelier hat, lässt sich das Zimmermädchen Paulina gegen ein kleines Geld vom Herrn Rebzierl abmalen, wie sie sagt. Lila Glik weiß von Paulinas Zubrot. Rebzierl hat sie gefragt. »So wenig Eure

Zimmermädchen verdienen, tut ihr ein gutes Werk«, hat Rebzierl gesagt.
»Aber nur wenn sie frei hat«, hat Lila gesagt und den Rebzierl gewarnt: »Keinen einen Unfug, Herr Rebzierl, Sie wissen schon, was ich mein'«. Es wär' schon genug geschehen mit Paulina, hat sie zu ihm gesagt, sie wär' schon im Zweiten oder Dritten, aber er soll so tun, als wüsste er's nicht. Er hat versprechen müssen, dass er's nicht herumträgt. »Trotzdem«, hat Lila ihm deutlich gesagt »wenn Paulina sich über Sie beklagt, ist Schluss.«

Paulina kennt den Rebzierl gut, jeden Morgen nach zwei großen Braunen im Café fährt der Mann hinauf unters Dach, kommt gegen Mittag herunter, isst in der Kutscherstube, trinkt sein Viertel Malvasier und fährt wieder hinauf. Stetigkeit imponiert Paulina, sie ist für Fleiß, Fleiß bedeutet Anstand, Anstand ist nötig, gerade wenn man bei ihr als Künstler was gelten will. Sie sieht genau, dass er jeden zweiten Tag ein frisches Hemd trägt. Als er fragt, ob er sie malen darf, hat sie sich geschmeichelt gefühlt, ist rot geworden, hat gesagt:

»Aber… «, hat sie überlegt,

»… aber nichts Unanständiges.«

Unanständiges schwebt Rebzierl nicht vor. Aber ein Rubens ist halt kein Spitzweg. Deshalb war's nicht so einfach mit Paulina. Mag der Rubens seine Damen tausendmal Venus, Kybele oder Diana nennen, kaum eine scheint sich damals anzukleiden. Die einschlägigen Beispiele zeigt der Rebzierl ihr erst gar nicht. Er legt ihr eine schöne Farblithografie von der Venus im Spiegel vor und sagt ihr, so ähnlich wolle er sein Bild malen.

Paulina wackelt bedenklich mit dem Köpfchen, als sie den nackten Rücken und das verschleierte Hinterteil der Dame sieht, gibt aber Entwarnung: »Ach Gott, schön ist sie ja«, hat Paulina gekichert.

Rebzierl zahlt Paulina nach jeder Sitzung und schenkt ihr eine Profilstudie. Paulina gewöhnt sich gern ans Zubrot. Dann zeichnet Rebzierl ein Brustbild von Paulina, eine aufwendige Kaltnadel. Das kann er. Er kann es so gut, dass Daniel Samjatin vor Jahren keine Mühe hatte, der Gemäldegalerie Alter Meister in Dresden zwei Rubensskizzen von Rebzierls Paulina anzudienen. Die Dresdner zahlten dem Samjatin dafür sage und schreibe, na, sagen und schreiben wir's lieber nicht.

Von Anfang an hat Rebzierl mit Paulina eine Variante der ‚Venus vor dem Spiegel' im Sinn. Rubens führt den Blick des Betrachters, wie den Hund an der Leine, zum Gesicht der Venus im Spiegel. Beim Rebzierl wird es nicht ihr Gesicht sein, sondern ihr Busen, den sie im Spiegel inspiziert. Das hätte auch dem Flamen gefallen.

Dann sitzt Paulina für die erste Skizze. Rebzierl muss sich wegwenden, als sie Bluse und Leibchen auszieht und beides sorgfältig über Rebzierls Kommode legt, dann darf er sich wieder umdrehen. Sie hat zwar kurz an den Friedel denken müssen, ob's dem recht wär', aber der hätt' sicher nichts gegen das Geld, außerdem braucht er's nicht zu wissen. Nachher, nach dem Sitzen, will sie sehen, was die

Skizze gebracht hat und entdeckt den Unterschied, freiweg und von allein, entdeckt ihren Busen im Spiegel.

»Na, da schau her. Bei Ihnen schaut sie gar nicht, ob ihr Gesicht schön ist. Die schaut ja nur, wegen der ... Stelle. Schaun's Herr Rebzierl, wo sie hinschaut, da, im Spiegel, in die Frauenabteilung schaut sie, oh je, die Männer, die sollen ja da wohl auch hinschaun.« Sie schnalzt mit der Zunge. Wenn Paulina in Eifer gerät, kommt einem Ottakring entgegen.

»Ist das etwa Ihre Idee?« Rebzierl nickt, Paulina versteht ganz genau, dass es um Kunst geht. Dank Paulina wird die Variante der ‚Venus im Spiegel' im Jahre 1914 magischer als die von 1562.

Das Zimmermädchen ist das geborene Modell. Wenn jemand so weit ist, dem Rebzierl von der Mandelcreme zu erzählen, die sie sich leistet, damit ihre Händchen von der Arbeit nicht rauh werden, mit nichts bekleidet als mit einem Taschentüchlein aus Batist mit geklöppeltem Rand, dann kann von Unanständigkeit keine Rede sein. Paulina mag Stille nicht, was ihr auf die Zunge kommt, will über die Lippen. Rebzierl erinnert das an die neue Wissenschaft, die ein junger Doktor in Wien sich ausgedacht hat. Der legt seine Patienten auf eine Couch, lässt sie ihr Innerstes wie einen Bettbezug auf links kehren, lässt sie, ganz freiwillig, ihre geträumten Sündchen beichten, von denen sie gar nicht wussten, dass es solche waren, legen sich hin als Franz oder Fränzi, stehen auf als Ödipus oder Vestalin und kriegen dafür, wenn's hoch kommt, ein Dankeschön. Der Doktor notiert akkurat, macht sich Gedanken, was er da gehört hat, näht, knickt und klebt es zusammen. Alsdann schämt er sich nicht, die kleinen Geheimnisse vor all den Studenten im Hörsaal wieder auszuplaudern und nennt seine Indiskretion eine Analyse der Psyche.

Wenn Paulina dem Rebzierl sitzt, setzt sie sich auf ihr Unterkleidchen, nie einfach auf Rebzierls Stuhl. Sie sitzt oder steht dann wie sie soll und führt ihre Gedanken von der ersten Minute an hörbar spazieren. Da kommt viel Gehäkeltes zuerst, wie schmackhaft ihre Mutter Powidl einkocht, warum der Zeisig zuhaus im Käfig schon vor Palmsonntag lieber vorm offenem Fenster singt als in der Stube. Dass es jetzt schon der dritte Vogel ist, der erste aber der beste Sänger war, bis er nach vierzehn Jahren von der Stange gefallen ist. Vom Wetter spricht sie, dass der Sommer jedes Jahr heißer wird, sie merkt das schon am Wasser, wie lang es dauert, bis es wirklich kalt aus dem Brunnen kommt. Dann, nach all den lose gereihten Maschen kommt das Eingesäumte, tiefer schlummernde, von dem sie spricht, wie die liebe Seele es versteht, worüber der Doktor in Wien sicher entzückt wär'. Rebzierl fragt nach ihren Eltern in Wien, ob sie gesund sind, ob Paulina in die Schule gehen durfte, was sie am liebsten isst, wie oft sie Heimweh hat. Sie plaudert, als säße sie in der Küche des ‚Venturini' beim Pfau, der Paulina immer gern mit einem Stückchen Kiewer Torte in die Küche lockt. Paulina nimmt für sich ein. Einmal erzählt sie, während sie den dummen Spiegel halten soll, wie sie auf der Eisenbahn nach Wien zu den Eltern fährt. Ein junger Fähnrich, der ihr gegenüber sitzt, hilft ihr galant mit ihrem Koffer. Während der Fahrt verlangt man die Billets. Paulina stellt fest, dass die Billets da sind, nicht aber ihr Geld. Das liegt in ihrer mit Windröschen bestickten Börse in ihrer Kammer im ‚Venturini' und hat nichts gesagt. Paulina wird rot und blass. Mit Tränchen in den blauen Augen erzählt Paulina dem jungen Hans-Karl, braver Name für einen Fähnrich, von ihrem Unglück. Hans-Karl spendiert eine fahrplanmäßige Zwischennächtigung in einer Pension gleich am Bahnhof von Budapest, ein Einzelzimmer, hergegeben für zwei. Ob man brav bleibt, erfährt der Rebzierl nicht, er hat nicht gefragt und die Paulina spricht zwar über Vieles, aber nicht über alles.

Nach der Venus im Spiegel will er sie als Oreithya malen, die sich mit Händen und Füßen gegen die starken Arme vom Boreas wehrt, den Sturmwind der Griechen, der sie nach Thrakien entführen will, wie wir uns sicher noch erinnern? Dazu wird Paulina, immerhin schon im fünften Monat, auf Rebzierls alter Chaiselongue liegen. Ihr Bäuchlein stört nicht, es wird ja ein Rubens, ihr rechter Arm reckt sich zum Hilferuf, der linke Arm hat wie hilflos zu hängen, das rechte Bein ist anzuwinkeln, als würde die Windsbraut davongetragen. Nach einer Stunde bemerkt Paulina, ihr rechter Arm schläft ein: »Es bremaslts mi im Arm, Herr Rebzierl.« Mit dem Wort kann der Rebzierl nichts anfangen, aber er ahnt, was sie meint und sagt:

»Pause, ein Kakao, Paulina?«

Das Taschentüchlein zur Keuschheit benutzt sie bald eher beiläufig. Als Paulina irgendwann niesen muss, bekommt es seinen angestammten Sinn, die letzte Hülle fällt, fällt für immer und siehe da, es ist ihr einerlei. Da lacht sie, frisch wie eine Nuss aus der Schale. »Ma sicht jo eh' nix, wi i mi drapiert hab«, sagt sie, »owa a bisl frisch is scho.« Das Aus- und Ankleiden ist ihr ‚schenanter', wie sie sagt, als das Sitzen. Man soll tun, was sich schickt, also muss er sich umdrehen. Manchmal fragt sie sich verwundert, was ihr an Hübschheit fehle, weil der Herr Rebzierl sie nur wie ein Maler ansieht und nicht wie sonst die Männer.

Frau Keller und die Stahlwerke.

Seit zwei Monaten zahlt Frau Hildegard Keller die bei weitem höchsten Rechnungen im Haus. Schon dreimal in den zwei Monaten hat die Keller mit dem Assupoff diniert, einem Nabob in Stahl mit Verbindung zum Kreml, eine Ehre fürs Haus. Die Billets für Speisen und Champagner wachsen an diesen Tagen in luftige Höhen. Lila hat schon angemahnt, dass mehr Veuve Clicquot ins Eis gehört, wenn Madame Keller länger bleibt und solchen Umgang hat. Eine Woche nach dem Besuch der Demikadze beim Venturini, erfährt die Glik aus erster Hand, bei einem High Tea unten im schönen Café, was es mir der aparten Hildegard auf sich hat.

Es ist ein regnerischer Sonntagnachmittag, so recht geschaffen, ein paar Stunden bei aushaltbarer Musik vom Flügel, bei herrlicher Dobosztorte vom Pfau und in rundum bester Gesellschaft, zivilisiert aber mit anregendem

Vitriol ein wenig zu ratschen und zu tratschen. Draußen im dunklen Grün tropfen die Kastanien, drinnen brennen die geputzten Lüster, das Café ist gut besucht. Gerade erscheint dazu noch das Ehepaar Balsam, der Hausbankier für die meisten hier, am Arm seine bezaubernde Gattin, so dass es mit dem Prädikat beste Gesellschaft schon seine Richtigkeit hat. Niemand hier muss sich allein und verlassen fühlen an so einem Nachmittag, an dem die Kinder vielleicht wieder keine Zeit finden, die Eltern zu besuchen oder immer noch in den Sommerferien oben in der Tatra sind und die Pfützen auf den Wegen im hiesigen Stadtpark vom Lustwandeln abraten.

Die Glik entdeckt die Keller, wie die allein an einem Tischchen sitzt, unter einem Gemälde mit zartrosa und weißen Kamelien, etwas zuckrig aber federleicht gemalt vom Rebzierl. Die Chefin nutzt die Gelegenheit, der Hildegard zu zeigen, wie gern man sie im Haus hat.

»Liebe Frau Keller, ich seh', Sie sind nicht von Langeweile geplagt, auch wenn Sie hier mutterseelenallein für sich sind. Darf ich mich ein Weilchen dahersetzen, nur wenn's Ihnen recht ist natürlich.«

»Bitte sehr, Frau Glik, ich freu' mich, bitte doch, setzen's sich. Nein, danke, ich fühl' mich sehr wohl gerade, die letzten Tage waren ein wenig anstrengend für mich, ich bin froh, ein wenig durchzuschnaufen.«

»Darf ich fragen?«

»Na ja, Sie wissen vermutlich, dass ich Herrn Assupoff gerad' drei Tag' lang zu Besuch hatte. Er hat doch auch hier gewohnt. Sie haben uns doch sicher beim Diner gesehn. Er ist ein langjähriger, sehr lieber Freund von mir, wissen Sie. Er schätzt ab und an einen guten Rat von jemandem, der nicht zu seinen Direktoren, Ingenieuren oder Anwälten gehört, sozusagen nicht vom Fach sondern einfach a Mensch is.«

Der Diamant ihrer Brosche glitzert um die Wette mit den Diamantsplittern, die ihn rundum fassen, da auf dem schönen Halsauschnitt ihrer samtschwarzen Bluse.

»Ich verstehe, da hat man erst recht Verantwortung, nicht? Gerade, wenn einem das Metier fremd ist, meine ich.«

»Genau, was versteh' ich schon von Stahlwerken.«

Die Stola, die sich um ihre Schultern schmiegt, apricot und hellrosa, schmeichelt ihrem Teint, der kein Puder braucht. Ihr fein frisiertes Haar, nussbraun wie Ihre Augen, glänzt gesund, noch ohne einen einzigen Faden Grau – achtunddreißig, na, vierzig, eher vierzig, schätzt Lila.

»Ach Herrjeh, was... was will man da raten, das wär' mir ja völlig fremd, und... Na, hört er dann auf Sie?«

»Na, ich hab' ja nur meinen gesunden Menschenverstand und sag' ihm, er soll seinen auch benutzen. Seit einem Jahr kommt er mir mit der vertrackten Situation in seinem größten Werk in Polen, wissen Sie. Er hat da lauter Führungsdirektoren, unter denen nur Streit ist und die, sagt er, seit Jahren mehr Geld kosten, als sie wert sind. Er hätt' schon Lust, alle miteinander hinauszuwerfen und das ganze Werk gleich mit zu verkaufen, sagt er. Seit einem Jahr kommt er mir mit diesem Ärgernis. Seit einem Jahr hör' ich mir das an.«

Sie seufzt einen erheblichen Seufzer.

»Und... was können Sie in einem solchen Fall ... ich meine ... so ganz als, verzeihen Sie, als Außenstehende raten.«

Hildegard Kellers hübscher Mund verzieht sich zu einem noch hübscheren Lächeln:

»Verkauf's, hab ich ihm gesagt, du hast doch Lust dazu, verkauf's endlich und du hast eine Sorge weniger.«

Ihre Augen blitzen spöttisch.

»Wissen Sie, ich weiß, wann ein Mann ein Magengeschwür kriegt. Hat er das nötig! Er hat doch genug und er geht an die Sechzig.«

»Und was sagt er, hört er auf sie? Verkaufen? Ist Ihr Rat nicht sehr mutig ? «

»Natürlich. Aber er hört schon auf mich, es dauert halt. Er hat eine Kompanie Berater, alle verlangen horrend Geld, das imponiert ihm. Bis er mir doch folgt. Das kommt ihn nicht billiger, aber es ist besser für ihn, das weiß er insgeheim, aber er braucht halt immer solche Anstupser.« Sie nickt, als würd'sie ihn entschuldigen, streicht mit der Linken zärtlich über den Ringfinger, über den Brillanten, dessen Strahlen sie zärtlich erwidert.

Die Hildegard hat nicht nur den Assupoff.

Sie hat auch ganz privat einen Gatten, aber der scheint eher mit seinem Kalibergwerk verheiratet zu sein, ist fleißig und deshalb unabkömmlich, was die Keller unabhängig macht und dem Kaligatten den Seelenfrieden lässt.

Die Lila hat schon früh registriert, dass die Keller dann und wann in wechselnder Begleitung diniert, aber wo wär' da ein Grund, Feuer zu rufen. Mit dem Assupoff sind's vier, allesamt respektable Herrn, die der Hildegard ihre Besuche in fein abgestimmten Abständen abstatten, ohne je aufeinander zu treffen. Zwei unter ihnen würden höchste Rangabzeichen tragen, kämen sie im Putz mit breiten Borten aus kaisergelbem Goldgespinst, rote und schildgraue Streifen, zweifelsohne Generalität. Auch der Andere hat seine Uniform im Schrank gelassen, obwohl die viel mehr aus ihm gemacht hätte: Bei ihm hätten zwei goldbestickten Sterne der Rangklasse VII geprangt, auf der dreiundreißig millimeterbreiten Goldborte, unten mit ihrem schwarzen Rand und dem schwarzen Mittelstrich in drei Streifen geteilt. Was ist dagegen sein dunkler Dreiteiler mit der gestreiften, etwas sehr kurzen Hose. Die echten Zivilisten dagegen tragen wie der Assupoff noch teureres Tuch, sehen diskreter nach mehr Geld aus.

Die Lila macht sich ein Vergnügen, die Unterhaltung mit der Kokotte an Sonntagnachmittagen zu einer Art Heure fixe zu machen, beide genießen das – sofern die Hildegard abkömmlich ist. Ernstlich gesagt, findet die Lila nach zwei, drei solcher Sonntage, dass die Hildegard ein blitzgescheites Mädchen ist.

»Ich fühl‘ mich so wohl in Ihrem ‚Venturini‘, ich habe schon eine Freundin eingeladen, mich hier einmal zu besuchen.«

»Wie schön, bitte sagen Sie's doch früh, damit wir ihr beizeiten ein schönes Zimmer reservieren können. «

»Vielleicht bleibt sie ja auch ein wenig länger bei mir. Es wär‘ schön, wenn Sie ihr auch so eine Suite anbieten könnten. Sie ist weitaus anspruchsvoller als ich, aber ...« fügt sie vorsichtshalber an:

»... sie ist ausgesprochen lieb.«

»Selbstverständlich gern, Madame Keller, vielleicht auch eine Suite mit Alkoven wie die Ihre?«

»Das wäre sehr lieb, Madame, Sie heißt ist übrigens Mikkalainen, Freifrau Laina Mikkalainen aus Tampere in Finnland, aber sie lebt schon eine Weile hier in der Bukowina. Sie liebt das Buchenland.«

Hildegard kichert: »Sie sagt, in Finnland wär's zwar auch schön, aber dort gäb's halt nichts als Weihnachtsbäume. Ich bin sicher, ihr wird es hier genau so gefallen, wie mir.«

»Wird sie allein anreisen, ich frage nur damit wir Vorbereitungen treffen dürfen? «

»Ja, so weit ich weiß, wird sie solo sein. Aber sie liebt exklusive Gesellschaft. Sie pflegt gute Verbindungen, denen sie mit ihrer Fremdsprachenkenntnis beim Schriftverkehr hilft. Sie wissen ja, manches mag man ja keinem Übersetzungbüro anvertrauen. Sie spricht ausgezeichnet französisch, englisch, spanisch.«

So fügt es sich, dass die Freifrau Laina Mikkalainen aus Tampere in Finnland im Spätsommer, also noch bevor die Buchen im Land gelb werden, eine Suite im ‚Venturini' bezieht. Zunächst einmal ohne Abreisedatum.

Leo mit den bunten Fingern.

Nie hat die Lila es drauf angelegt, keine Leimrute ist aufgestellt, weder mit Honig bestrichen, noch mit angedicktem Birnensaft, um irgendwelche Männchen auf den Leim zu locken. Auch der Lachner kam ungerufen, aus freien Stücken, angeflogen, wie die anderen, die es hier schon gegeben hat. Würden wir sie einzeln anbohren, sag', was dich zu der Schwarzen treibt, es herrschte Stille. Dann käme das mehr oder weniger Übliche. Über den Apotheker Szepp müssen wir nicht mehr verhandeln. Der Polizeioberleutnent Postolnik ist nur ein Opfer seiner Einbildung. Dem Rittmeister Hitzendorffer tät' man Unrecht, wenn man nur den Lustigen in ihm säh'. Der Lachner wär' vielleicht noch am längsten still, hätte gar die Antwort verweigert, vielleicht weil er bisher am ärgsten in Gefühlsturbulenzen gesteckt hat. Bleibt der Page. Der Leo? Man mag's kaum glauben, aber der Leo ist der jüngste und der älteste zugleich unter den Verehrern der Schwarzen.

Vom ersten Tag an, von der Minute an, als die Mama den Leo durch die Tür hin und auf Lilas Schreibtisch zu schiebt, klopft es im Jüngling. Da war er gerade sechzehn und die Lila sechsunddreißig. Machen wir keine große Sache daraus, jedenfalls kann es ja jeden treffen. Auch jetzt noch, wo der Page beinahe neunzehn und die Lila neununddreißig ist, wo der Leo langsam Vernunft annehmen müsste – es sitzt und sitzt. Er hat sich glücklich beinahe vier Jahre lang der Rechnerei um den Unterschied entzogen. Manchmal gibt es das. Die Natur kehrt sich einen Schmutz darum, wie oft man den Kopf über sie schüttelt. Sie interessiert sich nicht einmal dafür, dass die Lila dem Leo sagt, was ihr nicht leicht fällt, was sie ihm aber bald sagen wird: Jetzt schau doch, wie soll das werden mit uns, wenn ich fünfzig werd'. Die Natur wird antworten, was schert mich das, ich kenn' s auch andersherum, ich kenn' tausend gleich junge Turteltäubchen, die schon im zweiten Sommer die Katz' geholt hat. Wer weiß, ob es besser gegangen wär', wenn das Geschick oder der Zufall den Leo zur Paulina gesetzt hätte. Hat es aber nicht, der Paulina hat es den Friedel angehängt, den Beitel, der weg ist. Überlassen wir also die guten Ratschläge denen, die immer schon gewusst haben, wie's sich's gehört.

Natürlich ahnt der Leo in der ersten Zeit der Infektion nicht, wie ernst es um ihn steht, obwohl er sich da schon mehr Nächte mit Träumen als mit Schlafen abgibt. Es stellt sich bei ihm ein Wohlgefühl ein, wenn die Frau Chefin ihn mit Vornamen ruft, obwohl es nur Hotellogik ist – ein Page ist ja nichts als sein Vorname. Es passiert, dass man sich schon weit vor der Zeit mit großem Ernst verliebt, mit eins in die Mama, mit vier in die Kinderfrau, mit acht in das Mädchen mit den weißen Strümpfen, mit vierzehn in die Cousine, selbst den Mozart hat das Nannerl gepackt, alles schon dagewesen. Dass ein Bub sich aber so arg früh, zeugungsbefähigt zwar, aber doch recht grün, dass so einer sich um zwanzig Jahre nach vorn verhaspelt, zeigt schon eine ordentliche Übermut des Gefühls. Dass in diesem seltsamen Kaiserreich jeder so schnell wie möglich einen Bart zwirbeln will, einen Bauch mit Uhrkette tragen möcht', damit er zum Sektionschef hochsteigen kann, ist ja normal, dass ein Jüngling aber gleich so horrend vorprescht, um erwachsen da zu stehen, ist schon stark. Nebenbei gesagt, aber eigentümlich: Er hätte sie nie die Schwarze genannt. Im Traum wär‘ ihm das nicht über die Lippen gekommen.

Leo zaubert Blumen auf ihren Schreibtisch. Sagen wir nicht, es wär‘ kindisch. Sagen wir, wie es ist, es ist schön. Er sagt ihr, sie sei schön. Nicht mit dem Mund, nur mit den Augen, was allemal ehrlicher ist. Er schaut in den Spiegel, prüft sich, macht sein linkes Auge eng, probiert mehrere Sorten unwiderstehliches Lächeln. Wie gern wär er älter, dass er was vorstellt, spricht in tieferer Lage, lacht weniger schnell, weniger laut, isst weniger, stiehlt Lilas Kamm.

Dann ist er in das Visier vom Mincu geraten, der zwar längst aus dem Venturini hinausgeflogen ist, aber gerade deshalb noch ein Hühnchen mit dem Haus zu rupfen hat. Mincu hat den Leo abgepasst und ihm geraten, sich um die Gepäckverwahrung zu bewerben. Dann könnte er einen schönen zusätzlichen Verdienst zum Ausbeuterlohn als Page abzweigen. Er selbst hätt's ja nie gemacht, aber es wär‘ kinderleicht, es ginge so und so und es träf‘ keinen Armen. Der Leo hat sich für den Tipp bedankt, höflich, wie es seine Art ist, aber er hat's abgelehnt. Der Portier a.D. hat's noch ein paar Mal versucht, aber der Leo blieb der Leo. Zuletzt hat der Mincu immer mal wieder angesetzt, den Leo unverblümt fürs Umstürzlerische zu begeistern. Er hat gedacht, der Leo käme jetzt in das Alter fürs Revolutionäre, was ja nicht so abwegig ist, weil die Jungen ja schnell rigoros denken. Zuletzt hat der Mincu den Leo noch im Oktober 1913 angesprochen, da war die Luft überall schon aufgeregter: »Wenn du was erleben willst, komm mit mir. Es gibt einen tollen Vortrag heut Abend. Du bist doch ein Kerl mit Köpfchen, wirst sehn, es wird sehr interessant für dich.« Arsenie Mincu gibt ihm seinen druckfrischen Revolutionszettel.

»Sehr interessant, dass kann ich dir sagen, da gehen dir die Augen auf. Vor allem, wollnwirmalsagen, wenn man am unteren Ende schuftet, wie du. Wir haben einen Redner, der hat ein Feuer, da brennt das Dach.«

Hoffen wir, dass wir das mit dem brennenden Dach nicht schon wörtlich verstehen sollen, obwohl's beim Mincu nahe liegt. Vor sechs Jahren hat es in dem Hotel, für das er damals geschuftet hat, einen Brandschaden gegeben, das war in Triest, ausgerechnet im Wäschegelass. Und hätte man genauer hingeschaut, wäre da auch noch die Einäscherung eines hoteleigenen Bootshauses in Velden am Wörthersee gewesen, in dem der Mincu vor vier Jahren für die Lackierung in der Bootsinstandsetzung tätig war. Beide Brandschäden hat's nur gegeben, weil man ihm nicht das Geld hinterlegen wollte, dass er anonym verlangt hat, damit's nicht brennt. Wir wissen ja, dass er es nicht für sich haben wollte, er wollte es für die Sache. In Triest hat er seine Plakate in Italienisch geschrieben, am Wörthersee in Slowenisch. Wenn jemand wie der Mincu schon mit so heißem Herzen die Leute zur Freiheit bringen will, warum nicht auch mit Brandgeruch. Gehen wir davon aus, dass der Mincu sich berechtigt fühlt anzuzünden, was angezündet gehört. Ob die Gesellschaft was draus macht, ist ja – wollnwirmalsagen – ihre Sache, man kann die Pferde zur Tränke führen, saufen müssen sie schon selbst.

Der Page Leo hat gesagt, er könne nicht mit, er wär' verhindert. Solche Entschuldigungen ist der Mincu bei seinem Missionieren gewohnt, er hat gezwinkert: »Na, vielleicht ein andermal. Was hast' denn vor? Wie heißt sie denn?«

Leo schüttelt den Kopf:

»Ich muss der Chefin ihre Underwood reparier'n.«

»Die Underwut, soso, der Chefin die Underwut reparier'n, soso.« Solche Klebrigkeit lässt der Page dem ehemaligen Kollegen nicht durchgehn.

»Das Farbband gehört ausgewechselt und die R-Taste klemmt, ruckt.« Der Mincu weiß nicht, worum es geht, aber wir wissen jetzt, dass der Page Leo ein Händchen hat, einen modernen englischen Schreibapparat instandzusetzen.

»Und, was gibt sie dir dafür?«

»Dafür?«

»Na, dass du ihr das Farbbandl machst und eben das, wollnwirmalsagen, Ruck'n wegschaffst. Du hast schließlich Feierabend.«

Der Page mag das Gespräch nicht, aber der andere ist der Ältere und da hat man Respekt.

»Geht schon so.«

»Ich würd' sie zahl'n lass'n, wollnwirmalsagen. Hat mehr als genug und beutet noch aus. Wenn sie dich nach Feierabend dransetzt, soll sie zahl'n. Alle, wie sie da sind, sollen zahlen, alle denken, sie können uns aussaugen. «

Was soll der Leo sagen, er kratzt sich den Schopf, streicht die Locke aus der Stirn, schüttelt den Kopf.

»Ist schon recht, ist ja schnell geschehn.«

Mincu nickt, das ist sie ja, die schleichende Ausbeutung. Alle vierzehn Tage ist sie Vortragsthema in der Versammlung. Die Versammlung findet nicht mehr im Arbeiterwohnheim statt. Da sind sie verpfiffen worden und hinausgeflogen, drei Polizeimänner haben ihre Namen notiert. Neuerdings treffen sie sich in der Wohnung eines Schreinergesellen, der ist ihr Regionalsekretär, sie besprechen sich dort zwischen seinen spielenden vier Kindern und der nähenden Frau.

»Schnell geschehn, oi, darauf spitzen sie alle. Überleg' doch, sie muss es zahlen. So wär's rechtens. Du untergräbst unseren Stolz und den Wert unserer Arbeit, Leo, bloß weil sie schöne Augen hat.«

Mincu sieht dem Leo an, dass es sitzt und das soll genug sein für heut' Abend.

Doch, hat der Leo für sich gesagt, doch, genau, weil sie schöne Augen hat. Nach dem Dienst, nach dem er sich gewaschen, umgezogen und gekämmt hat, ist er ins Büro. Er hat geklopft und gewartet bei der offenen Tür, tritt nicht ein, bis sie »Herein«, sagt.

»Ist es recht, wenn ich die Schreibmaschine jetzt mach' ?«

Sie sitzt an ihrem Schreibtisch, an dem mächtigen Klotz noch vom Venturini, die Maschine auf einem schwindligen ovalen Nebentischchen rechts von ihr. Das Hotel ist fein, aber das Büro ist eine Rumpelkammer, wenig Möbel, aber alle sind sich spinnefeind. Das Tischchen war ein Rauchtischchen, die Maschine darauf verdeckt jetzt die Brandflecken von Giacintos Cubanas Cazadores, ein mächtiges Kraut, sagen schon die Flecken.

»Willst Du's jetzt noch machen, ist schon spät, Leo, so eilig ist es nicht, Du kannst es auch morgen erledigen, mach' doch Feierabend.«

»Ist es nicht recht, jetzt?«

»Doch, doch, ich dachte nur ...«

»Dann mach' ich's jetzt.«

»Wie du willst, soll ich Platz machen?«

»Nein, geht schon.« Sie soll nicht Platz machen, auf keinen Fall. Er zieht den zweiten Stuhl heran, sitzt da im rechten Winkel zum großen Schreibtisch, hat die Lila im Profil vor sich, wagt nicht, sie anzuschaun, sieht sie ja sowieso. Er zieht die schwere Maschine zu sich heran und beugt sich über den Kranz der Buchstaben.

»Stell' sie her, auf den Schreibtisch, da wackelts nicht.«

Sehr gut! So kommt er ihr noch ein Stück entgegen, rückt noch eine Winzigkeit näher. Er entriegelt die Sperre für das Farbband auf der einen Seite und rollt das Band auf die blecherne Spule auf der anderen Seite. Hier zu sein ist schön, denkt er, versucht zu riechen, was zu riechen ist. Er wird sich nachher nicht einmal erinnern, dass sie ein grünes Kleid mit weißen Punkten getragen hat, erinnert nur, wie weiß ihre Arme sind. Er weiß nicht viel von Parfums, nur dass ihres schwindlig macht.

Wie lang kann man's herausschieben, bis man sagen muss: fertig. Wie oft darf ein Junge wie der Leo bis dahin seinen Augen etwas mitgeben, der Frau vor seiner Nase, ob er‘s riskieren darf, vielleicht sogar den Zauberblick, den sie möglicherweise spürt, so dass sie vielleicht selbst herschaut und er ihr sagen kann, wenigstens mit den Augen, was die Frau wissen muss. Draufgänger, das wissen wir längst, kann er weder sein noch mag er’s spielen. Eher muss er auf das Unterirdische vertrauen, dass es schon gehn wird, ohne dass er was sagen muss. Die Sache geht schnell. Schneller als ihm lieb ist. Er muss es nicht sagen, sie sagt es, jetzt, in diesem Augenblick. Sie schaut von ihren Rechnungen auf und sagt dem Leo ins Gesicht:

»Lass es, Leo.«

Jetzt ist alles still, das Farbband ruckelt nicht, die Hände sind still, einen Augenblick hört man keinen Atemzug, weder vom Leo noch von ihr. Sie hat es nicht bös‘ gesagt, gar nicht, überhaupt nicht.

So funktionieren subkutane Kassiber. Wahrscheinlich verkehren sie schon immer so. Vielleicht weiß sie schon ganz lange, dass er versucht, vor ihr zu verbergen, was er auf keinen Fall verbergen will. Auch heute, er ist zu vorsichtig unvorsichtig zu schauen, gerade deshalb hat sie’s gemerkt. Da sitzt er, guckt auf seine bunten Finger vom Farbband und sieht sie nicht, reißt den Karton mit dem neuen Band auf und merkt es nicht, zieht die neue Spule heraus und weiß es nicht, hört nur, dass sie es noch einmal sagt, diesmal ohne ihn anzusehen:

»Leo, lieber Leo, lass es, es macht keinen Sinn.«

Das war natürlich falsch, ganz falsch. Sie hätte es auf keinen Fall wiederholen dürfen, oder wenn, dann kurz und knapp wie zuvor. Ein kurzer chirurgischer Schnitt, fertig. So aber hat sie ihm gesagt, dass sie ihn versteht, so hat sie's nicht gesagt, aber so ähnlich. Sie kriegt die Quittung:

»Warum nicht?«

Der Leo erschrickt, was er sich da erlaubt.

Sie hätte wissen müssen, dass er sich was ausdenkt. Dass es schad' wär, dass es schöner wär, wenn er's nicht lässt, und dass es eins ist, ob's Sinn macht oder nicht.

Das Wunderbare ist ja, jetzt, in diesem Moment sind sie gleich, gleich alt, gleich jung, sprechen und denken von mir zu dir. Jetzt wird nicht mehr geschaut, auf den grünen Jüngling oder das gehenkte Mädchen, jetzt wird verhandelt. Eine scharfe Luft geht jetzt im Büro.

Sein ‚warum nicht' hat er zielgenau abgeschossen, nicht frech sondern zum Lachen unschuldig, da ist die Lila schon gefordert. Sie kann die Chefin herauskehren, wär' ja schnell geschehn und die Sache wär' zurechtgerückt. Aber das gelingt ihr nicht. Stattdessen sagt sie wieder was Dummes:

»Darum nicht.«

Darum nicht! So klingen Kinder! Viel später, als der Lachner schon gegangen ist, am gleichen Abend, hat sie gedacht, wie schön der Leo da gesessen ist, mit bunten Fingern, rotem Kopf und der Locke in der Stirn. Wie er dem, was er da gesagt hat, nachgeschaut hat, wie's ankommt. Und wie er den Kopf nicht eingezogen hat, als sie *‚Lass es'* sagt, sondern ihn mutig vorgestreckt hat. Wie seine Augenbraue aufstieg, gleich neben der Locke, wie er auf seine violetten Finger geschaut hat, den englischen Karton mit dem neuen Farbband aufgerissen hat, als ob das jetzt das Allerwichtigste wär' und ob ihm endlich einfällt, dass sie ‚*Lass es*' gesagt hat und es tatsächlich gemeint hat.

Er hat das Farbband eingezogen und das verhakelte R geradegebogen, r r r r, R R R R, es schlägt an, als wär' nichts gewesen, so schnell er's antippen kann, fällt es zurück, schnellt vor, fällt, schnellt.

»Fertig, geht«, hat er gesagt, ist aufgestanden, ist da gestanden, mit herabhängenden Händen, hat die Maschine zurechtgestellt und versucht zu tun, als wär' das Wichtigste gar nicht vorgekommen, als wär' nichts gewesen außer ein paar bunten Fingern. Aber dann, an der Tür, hat er sie angeschaut von gleich zu gleich und hat damit nichts falsch gemacht.

»Dank dir, Leo. Ich bin froh. Man kann sich gar nicht vorstellen, dass man vor kurzem noch alles mit der Hand schreiben musste. Ich dank' dir schön.«

Leo nickt. Er versteht den Ton, jetzt, danach.

»Wie geht es deinem Bruder, seit wann ist er jetzt da unten?«

»Seit März. Geht ihm gut, verdient gutes Geld. «

»Spricht er denn spanisch?«

»Er schreibt, in Buenos Aires sprechen alle alles, italienisch, spanisch, deutsch, russisch, sind ja alle nicht von da.«

»Was arbeitet er?«

»Am Schlachthof, er sagt, er kriegt gutes Geld. Er schreibt, ich soll kommen, sie brauchen Leute.«

»Ach du lieber Gott! ...Bleib bloß!«

So, Frau Chefin, so wie Sie jetzt wieder sprechen, so werden Sie den Jungen nie los.
Leo lacht.

»Er spielt samstags und sonntags in einer Tanzkapelle. Er sagt, ich soll meine Geige mitbringen.«
Einen Verlust soll sie schon schmecken.
Lila weiß von der Mutter, dass er gut spielt. Sie hat gesagt, hätte er einen guten Lehrer, er könnte was werden.

»Schad' wär's. Das Hotel braucht dich ja.«

»Das Hotel, ja.«
So geht es, wenn keiner etwas Schönes sein lassen will, man tappt im Dunkeln an allen Wänden entlang, möchte' gern ins Helle. Dabei wär's so einfach. Aber dann würd's vielleicht auch bald traurig.

»Bis morgen, Leo, schönen Feierabend.«
An der Tür: »Danke...Ich ...«
»Lass... offen«, sagt sie.
Der Leo schaut zurück, nickt, lässt die Klinke.

Auf seinem Zimmer geht er zum kleinen Spiegel an der Wand. Er sieht, was sie gesehen hat. Wie jung er ist. Er geht zu der kleinen Kommode neben dem Bett, zieht das obere Schubfach heraus und nimmt den Brief, der schon lang drin liegt. Er hat ihn schon oft gelesen. Da sitzt er auf seinem Bett, den Brief in den Händen auf den Knien:

Buenos Aires, Mai 1913

Bruderherz,
komm herüber, dass darf ich dir sagen. Das Heimweh geht schnell, denn hier ist es gut. Die Arbeit ist reichlich und es

wird ordentlich bezahlt. Man kommt schnell zurecht und das Leben ist billig. Am Tag bin ich am Schlachthof. Und am Samstagabend und auch am Sonntagabend spiel ich zum Tanz in einer Kapell'. Hier spielt man anders als wie gewohnt. Hier sind viele Italiener, die noch schneller Akkordeon können als ich. Polka spielen sie schneller als die Polen. Die Flöte ist ein Ungar. Der Kontrabass ist ein Steirer, die Gitarre ist aus Toulouse, da in Frankreich unten. Mit meinem Akkordeon komm ich gut mit. Wir spielen einen falschen Rhythmus. Man sagt hier Tango. Wenn ich einen Ländler anmelden will, muss ich ihm erst den Takt wechseln und die Stimmung muss fast schwarz moll sein. Wenn ich einen Plattler anbringen will, dann sagen alle gleich: Gut, aber mach ihn in moll und geh aus dem Dreiviertel in den Vierachtel. Du glaubst nicht, es geht und die Leut tanzen die ganze Nacht verrückte Schritt. Es ist viel Gaudi hier. Mehr als zuhaus. Mit Deiner Geige wärst du hier so ein gefragter Kerl.

Ich grüss Dich und die Schützenkapell.

Sag den Burschen, die Mädchen stehn hier ordentlich im Strumpf. Sag meinen Eltern nicht, dass ich Dir von der Musik geschrieben habe, sonst denken Sie nichts Gutes. Ich schreib ihnen schon noch ordentlich.

Komm', es ist gut hier. Man sagt, zuhaus wird's bestimmt bald bös'. Man sagt, der Kaiser will mehr junge Soldaten. Lass' dich nicht fangen, komm herüber. Aber geh keinem Agent auf den Leim, geh nur zum Herrn Mißler in Bremen, das ist ein ehrlicher Mann und du kriegst um 20 Kronen Handgeld deine Schiffskarte geschickt. Die gilt in Preussen und Sachsen als Pass, so dass du ungehindert auf's Schiff gehst. Mach's!

Dein Ewald

Am Abend, nach dem der Lachner hinaus ist, steht auch die Lila vor ihrem Spiegel, darin sieht sie den Leo wieder, in ihren Augen sieht sie ihn. Vielleicht ist er nur hungrig, will ausprobieren, mich ausprobieren, herausfinden, wie es wohl ist. Wie viel Schönheit er noch vor sich hat, bis er so alt ist wie ich, denkt sie, dass so einer mich so anschaut, wie schön das ist. Heute war ich jung, denkt sie, fährt er da hinunter, bin ich alt.

Sieht man's von draußen, ist es kaum der Rede wert. Aber wehe man steckt drin.

Der Leo ist klug genug, Nägel mit Köpfen zu machen. Wieder und wieder hat er den Brief vom Ewald zur Hand. Nicht um ihn zu lesen, er kennt ihn auswendig.
Drei Sachen sagt ihm der Brief: Auf dem Schiff würd' er die Chefin vergessen können. Auf dem Schiff würd' er dem Kaiser entgehn. Auf dem Schiff würd' er in ein ganz neues Leben fahren.

Am 30. September 1913 schreibt er dem Ewald, dass er die Schiffskarte von der Agentur vom Herrn Mißler in Händen hat, dass er auf Dienstag den 2. November 1913 mit dem Schiff ‚Maria Theresia' nach Buenos Aires abgeht.

Noch jemand will fort.

Hätte der Lachner geahnt, wie nahe er daran gewesen ist gegen das Hotel zu gewinnen! Manchmal, wenn er da kurz vor Mitternacht immer noch auf dem Stuhl hockt und ihr zuschaut, wie sie da sitzt, eine Büroklammer zwischen den Lippen, Papiere in beiden Händen, die Stirn kraus, auf einmal hält sie still, schaut ganz plötzlich zu ihm her, will sicher sein, dass er noch da sitzt, als wär' er wichtiger als alles andere, da sind sie nah, wie nichts auf der Welt. Manchmal haben sie es lang aushalten können, sich anzuschauen, haben gestaunt, wie weit das geht. Es ist Unfug, wenn die Leute sagen, dass da die Zeit stehn bleibt. Sie rast gerade da, in alle Richtungen, voraus und zurück, und schießt auf einen einzigen Punkt zu, wie im Brennglas – warum geht man jetzt nicht einfach miteinander fort, hinaus aus dem Venturini, hinunter von der Bühne, wohin ist doch einerlei, solang man zusammen geht. Warum man's nicht macht?
Kinder, seid doch vernünftig.

Die Post hat auch hier entschieden. Der Lachner trägt seit Tagen einen Brief vom Lessing-Theater in Berlin in der verschossenen Jacke. Er kann vorsprechen kommen. Den Zug zahlen sie ihm nicht.
Am dritten Abend hat er ihr den Brief hergezeigt, hat nichts gesagt, hat ihr den Brief in die Hand gedrückt und aus dem Fenster ins Dunkle geschaut, als sie gelesen hat. Der Brief ist nicht lang. Viel zu überlegen ist nicht, sie ha-

ben ja lang genug Zeit gehabt. Und nicht zu fahren macht keinen Sinn. Als sie absperrt, haben sie sich zum ersten Mal in den Armen gelegen. Tatsächlich, zum ersten Mal.

Sie fährt mit ihm, zahlt die Billetts und die Pension in der Knesebeckstraße. Am Tag, als er vorspricht, ist sie im Romanischen Café gesessen, hat hinaus auf den Breitscheidplatz geschaut und nichts gesehen, hat den Tee kalt werden lassen. Am dritten Abend ist sie mit dem Nachtzug wieder heim und ist seit dem eine Andere.

Yulia, im Kimono.

Sonntags lädt der Venturini den Rebzierl gern in der Früh‘ zur Opelfahrt ein. Man muss schon laut sprechen, wenn man im Automobil vom Venturini unterwegs ist, seine beiden Braunen vor der Kutsche waren dagegen angenehm leise und von Fahrtwind war da keine Rede. Weil der Venturini am Steuerrad auch bei der Unterhaltung geradeaus zu gucken hat, muss der Rebzierl neben ihm schon die Ohrschützer der Ledermütze aufklappen, wenn er was verstehen will. Giacinto hat ihm die Convertible Cap von der Firma Stetson aus St. Joseph im Staat Missouri kommen lassen, als Weihnachtsgabe an den Mitfahrer.

»Ich hatte interessanten Besuch vor zwei Wochen. Ich hab‘ gesehen, du kennst die Demikadze und ihren, was weiß ich, Kompagnon, Liebhaber?«

»Die Yulia hat nur einen Liebhaber, den Kaiser, auf der Münze. «

»Woher kennst du sie?«

»Ich hab‘ den Ballsaal in ihrem Puff ausgemalt.«

»Ballsaal?«

»Wände, Plafonds, neues Rokoko, dekoratives Mythengezauber, sehr hübsch, dreizehn Motive von Guiseppe Angeli und Colonna. Kopiert man nicht so einfach, wenn's gut werden soll.«

Keiner der Begriffe hat einen Platz im Leben vom Venturini, bis auf das Wort Ballsaal.

»Ballsaal ... Ballsaal im Bordell! Was sind das für Leute?«

»Dagegen sind wir Ministranten, mein Lieber. «

So ist das, es will dem Venturini nicht in den Kopf, dass es Herren gibt, die von einem Freudenhaus mehr erwarten als ein paar Juchzer.

»Was hat sie von dir gewollt ?«

»Ihre Kokotten avisiern, einquartiern. In meine notorisch defizitären Suiten, hat sie gesagt. Als neue Geschäftsidee für notleidende Hoteliers. Ein Weib wie ein Rasiermesser.«

Der Rebzierl nickt.

»Die Keller habt‘s ihr ja schon drin, und neuerdings auch eine aus Finnland, hab‘ ich gesehn.«

»Also bitte, du weißt alles und lässt mich so im Dunkeln? «

»Ich dachte, es wär‘ verhandelt und, ehrlich gesagt, ich fand's eine gute Idee. Yulias Palazzo ist nicht jedermanns

Sache, mancher will nicht draußen in Quarantäne bleiben, wie im Lungensanatorium. Dein Haus eignet sich, vor allem für die eher nüchternen Herrn, die nicht auf Zirkus aus sind.«

»Überleg' mal, die Stadt wirft uns raus.«

»Ach was, Yulias Herrn tragen besten Zwirn und die Damen haben Stil. Beide bringen Geld in die Stadt und tun niemandem weh. Du kannst es ja langsam angehn, eine oder zwei weitere wie die Keller, keine Tschuschn, und dann schaust du.«

»Bezahlt sie dich?«

»Geh, red' nicht. Überleg, die Yulia kennt sich aus in diesen Sachen. Fahren wir hin? Sie wird sich freuen.«

»Jetzt? Ohne Anmeldung, so früh am Tag?«

»Na was, Sie ist mir eh' noch schuldig. Aber dein Automobil musst umdrehen, kannst das?«

So hat der Venturini zum ersten Mal in seinem Leben auf schmaler Chaussee die Umwendung geübt, hat dazu aber alle Zeit der Welt gehabt, mit anderen Automobilen war hier auf Monate nicht zu rechnen und jeder Bauer hätte für sein Leben gern auf seinem Bock die fünf Minuten gewartet, um das Schauspiel anzusehn. Der Rebzierl hat dann die weitere Richtung gesagt.

Beim Palazzo der Demikadze ist es ähnlich, wir erinnern uns ungern, wie beim durchparfümierten Moldawier aus Chisinau, der bei der internationalen Ganoventagung im ‚Venturini' mit seinem Anwesen geprotzt hat. Wer's nicht verdrängt hat, mag jetzt Ähnliches auch vom

Palazzo der Yulia Demikadze erfahren, hier in einem geräumigen Park, einige sechzig Meilen von der Stadt.

Über knisternde Matten aus Kiefernnadeln rollt der Opel auf einem Forstweg hinab durch alten Bestand, vorbei an besonnten Rasenflächen, an einem Seerosenteich entlang, bis der Wagen vor einem eisernen Tor mit doppelten Flügeln steht. Nichts rührt sich in der Hütte neben dem Tor. Man hört eine Trompete. Giacinto schaut fragend auf den Rebzierl. Der lächelt, sitzt still. Es öffnet sich die Tür der Hütte. Heraus springt ein junger Mann, dunkelgrüne Knickerbocker, ziegelrotes Wams, weißes Hemd, handtellergroße Schlüssel in der einen, eine silberne Trompete in der anderen Hand.

»Servus, der Herr Rebzierl, servus, die Gentlemen. Hab' den Herrn Rebzierl erst nicht erkannt auf dem Auto oben, mit der Kappn, hab' ihn nicht erwartet.«

«Servus Tino, der Herr Venturini und ich sind nicht avisiert, ist die Chefin daheim? Bitte, meld' uns doch, auch den Herrn Venturini. «

»Angenehm, der Herr Venturini, ja, Madame ist daheim, ich meld' Sie gern, sind Sie wieder zum Malen da, ich dacht', Sie wär'n fertig. Es gefällt uns allen ganz wunderbar.«

»Dank Dir Tinino, Ihr habt halt Geschmack.«

Der Junge springt zurück in die Hütte und ist gleich wieder da.

»Herzlich willkommen, lässt die Chefin sagen, vor allem auch dem Herr Venturini ein freundliches Willkommen. Sie freut sich sehr, wenn Sie bittschön verzeihn, dass sie noch zum Petit Dejeuner angekleidet ist.«

»Sehr freundlich, danke, Tino, was übst du, macht ihr Konzert?«

»Jawohl, Herr Rebzierl, wir machen am Sonnabend das Trompetenkonzert vom Haydn im Park. Kommen Sie auch?«

»Schaun wir, ob's der Chefin recht ist. Danke, Tino, ciao bello.«

Das Tor schließt sich hinter dem Opel, es geht auf einer geschwungenen Allee unter Bäumen entlang, die der Venturini noch nie gesehn hat.

»Tino ist vom Orchester. Er darf nur in der Hütte üben. Trompete allein hält keiner zehn Minuten aus. Er bläst vortrefflich.«

»Sie unterhält ein Orchester?«

»Nicht groß, sind neun insgesamt.«

»Hat sie ein Telefon bis zur Hütte.«

»Ja, soll ja nicht jeder hinein.«

Der Palazzo taucht auf, rosa, auf kleinem Hügel, man nähert sich seitlich und steht dann nach einer Schleife vor dem Portal.

Wieder ein Knickerbocker mit rotem Wams, der hier in weißen Handschuhen.

»Servus, die Herrn, willkommen, Madame freut sich sehr.«

Ohne vier, fünf Stufen kommt man nicht in ein Palais, wenn's auf sich hält. Dieses hat sechs. Die Halle ist nicht kleiner als das Entree beim Giacinto, als Möbel stehen nur wenige brokatbezogene Stühle unter venezianischen Leuchtern an geweißten Wänden. Sonst nichts. Dafür schaut man am Ende des Aufgangs der breiten Treppe in den Himmel – die erste große Freske vom Rebzierl, lichtblau, pfirsich, bordeaux. Der Rebzierl ist ein muskeliger, mächtiger Mensch, mit breiten Händen, dem man die venezianische Zartheit des Settecento da oben nicht ohne Weiteres zutrauen möchte.

Die Hausfrau empfängt in ihrem Boudoir, und man darf sagen, man kennt's aus der Oper. Yulia hat sich so in das Schlafzimmer der Feldmarschallin aus der Premiere vom Rosenkavalier in der Dresdner Staatsoper verliebt, dass sie's hat nachbauen lassen. Was man ihr lassen muss: Der Rokokohimmel vom Würzburger Tiepolo draußen und der Schlafsalon von der Oper hier drinnen machen Eindruck auf Giacinto. Die Frau ist eine Rasierklinge hat er gesagt, wir haben sie ein Nashorn genannt, in Wahrheit haben wir das Schöngeistchen unterschätzt.

Yulia Demikadze empfängt im Kimono: Seide, knöchellang, violette Papageien auf Schwarz, so voluminös gewickelt, dass ihre Zofe die Winzige zweimal drin verpacken kann. Das schlanke Wölkchen Ihrer dünnen Cigarette beißt sich zwar mit dem Duft des Senchatees aus der japanischen Schale auf dem Bambustischchen, aber sei's drum, streiten wir nicht vor Mittag über Geschmack.

»Wie schön, Monsieur Venturini, dass Sie uns heraussen besuchen. Ich dachte schon, Sie hätten uns in ein Kastl geräumt, aus dem wir nie wieder herausfinden. Um so herziger, dass Sie da sind. Darf es ein Kaffee sein, eine

Schale Tee, gern ein Glas Champagner ? Es ist mir ein solches Vergnügen.«

Rebzierl möcht‘ gern Champagner, Giacinto Kaffee, beides kommt rasch, dazu ein Glas Roederer für die japanische Prinzessin, für die sie durchginge, wär‘ da nicht das eurasische Auge.

»Ich habe mir nach unserem Gespräch bei Ihnen schlimme Vorwürfe gemacht, Herr Venturini, ich muss einen schrecklichen Eindruck bei Ihnen hinterlassen haben.«

»Schrecklich möcht‘ ich nicht sagen, Madame, nur ein wenig exotisch, wenn ich’s so sagen darf. Insofern bin ich froh, Sie vielleicht neu kennenzulernen. Herzlichen Dank für den Empfang. Mein Eindruck jetzt sagt mir, dass ich mit Vorurteilen vorsichtiger sein sollte.«

Nicht wahr? Er kann schon ein Chamäleon sein, der Giacinto.

»Hat der Herr Rebzierl Ihnen vielleicht unser Haus schon ein wenig näher bringen können?«

Soma schüttelt den Kopf:

»Werde mich hüten ohne Ihr Wissen auch nur ein Sterbenswörtchen aus dem Palazzo zu verbreiten, Madame.«

»Sie hätten schon sagen dürfen, Herr Rebzierl, dass wir alle im Haus sehr glücklich sind mit Ihrer Arbeit. Wissen Sie, Monsieur Venturini, unserm Rebzierl ist es wunderbar gelungen, aus der ländlichen Bescheidenheit unseres Anwesens ein Schmuckstück zu formen, ich führe Sie gern nachher da herum, und glauben Sie mir, ich tu’s mit Freuden. Unsere Gäste und unsere Damen jedenfalls fühlen sich hier sehr wohl - und das soll etwas heißen, wenn man weiß, welcher Anspruch hier herrscht.«

Giacinto nickt höflich.

»Wieviele ... mh, ...Herrschaften, mh, können Sie beherbergen, wenn ich fragen darf ? «

»Wir beherbergen nicht, Monsieur, wir sind in der Lage sechsunddreißig Persönlichkeiten zu akkomodieren. Bei uns gibt es nicht so etwas wie Einzel- oder Doppelzimmer, Junior- oder Superior-Suiten, Kurtaxen, Trinkgelder, Saisonzuschläge, Fremdenabgabe. Wir sind kein Hotel und wollen es auch nicht sein. Schon deshalb, Monsieur Venturini, weil Persönlichkeiten, die uns besuchen Hotels meiden – es sei denn, sie sind so nobel wie das Ihre. Man erwartet hier Gastfreundschaft und Umgang ausschließlich unter seinesgleichen, im Kreise einer Klasse, mit der man sich, verzeihen Sie, den Plebs vom Hals hält. Sie verstehen.«

Schön und gut, er versteht. Aber einseifen lässt sich der Venturini nicht.

»Ein interessantes Modell, Madame, Kompliment, aber gestatten Sie die Frage, wo bleibt das Geschäft?«

»Von allein werden Sie nicht darauf kommen Monsieur, da Ihnen der Begriff der Dekadenz als Geschäftsidee fremd ist. Belehren Sie mich, wenn ich mich irre.«

»Ist mir fremd, schon recht, Madame, aber wir sind auch jetzt noch nicht beim Geld.«

»Kommt schon noch, lieber verehrter Herr Venturini, kommt schon noch – und Sie werden sich freuen, in welcher Menge.«

Der Rebzierl hat seinen Spaß, vor allem, weil's so schnurrig zugeht, wie der Page im Kimono mit dem Seidenpantöffelchen wippt und dem Venturini eine Lektion gibt.

»Ich frage so ordinär, Madame, weil ich letztens den Eindruck hatte das ‚Venturini' könne Ihnen geschäftlich eine Hilfe sein.«

»Uns beiden, uns beiden eine Hilfe, Herr Venturini, wenn Sie mir erlauben, uns in einem Atemzug zu nennen.«

»Gern, Madame, aber was kommt wodurch bei wem auf's Konto? «

Amüsiert geht die Prinzessin Giacintos Tempo mit:

»Bien, also zuerst das Was, wie Sie so schneidig formulieren, damit wir endlich vorwärtskommen, nicht wahr? Also, das Was ist der Preis für etwas, dass es nirgends sonst gibt, als hier, an diesem Ort, Monsieur. «

Das nennt die Prinzessin Vorwärtskommen? Aber sie hat ja recht, wenn der Venturini nicht behutsam an das hohe Ross herangeführt wird, das hier geritten wird, dann wird er's nie verstehn.

»Und das ist, wenn ich fragen darf? «

»Es ist das Erlebnis eines Reizes, von dem man nicht glaubt, dass es ihn gibt. Geschweige denn, dass man zu den Happy Few zählen könnte, ihn am eigenen Leibe zu erleben. Monsieur Venturini, hier verkehren ausschließlich Persönlichkeiten, die sich nicht für Preisetiketten interessieren. Die höchsten Genüsse unseres Daseins in ihrer Fülle auszukosten ist für sie eine kategorische Pflicht. Sie gestatten es sich nicht, sich einem Erlebnis zu verweigern, das sie, ich will sagen, eine zeitlang göttergleich macht, das sie von den Sterblichen unterscheidet. Koste es, was es wolle. Und damit sind wir endlich bei Ihrem geliebten Geld, verehrter Monsieur. «

»Ich ahne, Madame, es wird teuer.«

»Ich sagte ja, die Herrschaften haben's.«

»Große Industrie? «

»Selbstverständlich, Monsieur, aber fassen Sie Mut, denken Sie an Botschafter, Fürsten, Herzöge, Prinzen, Kardinäle, Gekrönte und denken Sie bitte geographisch. Wir sind gewohnt aus nahezu allen Metropolen Europas zu empfangen, mit Ausnahme Istanbuls, vorläufig, aber das wiegen wir leicht mit zwei sehr hochrangigen Gästen des Vatikanstaates wieder auf.«

Ein wenig ratlos scheint der Venturini jetzt schon.

»Und die kommen alle hier her nur wegen… «

»Ich weiß, was Sie sagen wollen, aber ich will gleich sagen, nein, sie kommen eben nicht nur aus diesem Grund.«

»Wir sprechen von erotischen Dienstleistungen. Oder, aha, es dämmert mir, Madame … von seltsamen Spezialiäten? «

»Keineswegs, Monsieur, Sie verkennen uns leider noch immer. Unsere erotischen Dienstleistungen, wie Sie so spröde formulierten, überwinden zwar bei weitem die Grenzen scheinheiliger Moral, unsere Gäste würden es uns aber nie verzeihen, würden wir ihre zivilisatorische Werte kompromittieren. «

Dem Venturini geht die Rokokorhetorik auf den Nerv, aber er möcht' doch gern wissen, wohin sie führt. Sie führt jetzt geradewegs ins Prosaische, denn es klopft. Der nächste Knickerbocker. Als er sich Yulias Öhrchen nähert, sagt sie mit kleiner Verbeugung zu den Besuchern:

»Keine Geheimnisse vor den Herrn, Ernesto.«

Ernesto räuspert sich, hebt an:

»Sehr wohl, Madame, Madame Tsaroff, lässt sagen, sie wird ab dem Zehnten für ein paar Tage leider unpässlich sein.«

Zur Antwort gibt's ein unartiges Gesicht.

»Ab dem Zehnten, aha, die Gute weiß wenigstens schon Tage im Voraus, dass sie Migräne kriegt oder ... etwa ... ach nein, wie schrecklich!«

»Ja, Madame, schrecklich, ausgerechnet am Zehnten ist Mijnheer van de Sluis angekündigt, Souper mit ihr und zwei Nächtigungen im ‚Pharao-Pavillon'. Das conveniert also leider gar nicht.«

Die Stirnfalte wird scharf.

»Der Zehnte, das ist in drei Tagen. Da ist der Mann ja vielleicht schon unterwegs. Und ausgerechnet der! Lieber Herr Venturini, unter uns, Mijnheer van de Sluis ist ein wichtiger Name an der Diamantenbörse in Antwerpen.«

Yulia justiert die Brustschleife ihres Kimonos.

»Bitte telegraphier' Mijnheer Van de Sluis sofort, Madame Tsaroff sei untröstlich, sie habe gerade einen Zeh gebrochen, das sei so schmerzhaft, dass sie ihm sicher kei-

ne unterhaltsame Begleitung sein könne. Und bitt' ihn, ihr ein Bouquet zu schicken und ... wart' doch, und sag' ihm, ich ließe beste Grüßen ausrichten, ich würd' mich freuen, einen meiner vornehmsten Gäste bald wieder zu begrüßen, im Augenblick wär's ihm sicher kein Plaisir. Er wird's schon verstehen.«
Ernesto ab, mit Verbeugung zu den Herrn.

Yulia seufzt.

»Als hätt' sie keinen Kalender. Ich muss mit ihr sprechen, sie hat's schon mal verschlampt. Das desillusioniert doch schrecklich. Sie kann doch rechnen, nicht wahr. Ich hoffe, wir erreichen Mijnheer van de Sluis noch in Antwerpen, wenn er nicht schon auf dem Weg ist, verzeihen Sie, meine Herrn, Sie sehen, auch bei uns gibt es den Alltag.«

Schon recht, denkt sich der Venturini, es wird halt überall mit Wasser gekocht. Aber die Diamantenbörse Antwerpen imponiert ihm schon.

Sie öffnet das Lackkästchen auf dem Tischchen, nimmt eine Cigarette, legt sie aber wieder zurück, aus der Stirnfalte wird ein glattes Lächeln.

»Vielleicht zeig' ich dem Herrn Venturini ein wenig von unserem reizenden Häusel, nach all der Theorie, wär's genehm? Herr Rebzierl, wie ist's,begleiten Sie uns?«

Wird sie's im Kimono tun ? Sie wird.

Trippelnd, in ihren japanischen Pantöffelchen, geht's voran.

»Sie haben sicher schon draußen bemerkt, der Palazzo ist dreiflügelig, im linken Trakt haben wir die Etablissements der Gäste auf drei Etagen. Gerade weil unsere Herren und Damen solo und diskret anreisen, legen wir Wert darauf, jeden Menschen nicht einfach unterzubringen, wie man so hochnäsig sagt, wir geben kein Obdach, wir geben eine Welt, Sie können sicher sein, man stößt sich nirgends den Kopf, es gibt keine angestoßene Schrankecke, kein zugiges Fenster. Niemand unserer Herrschaften soll sich daheim wohler fühlen als bei uns. Zeigen kann ich Ihnen leider keine Gästesuite. Sie verstehen, Diskretion.«

So trippelt sie voran:

»Der mittlere Trakt gehört unseren sechs Salons, unseren Pleasuregrounds, wie wir sagen, dazu der Salle à manger, rechts über die gesamte Breite dann der Ballsaal, das Meisterstück von unserm Herrn Rebzierl.«

Der lässt sich nichts anmerken. Als Yulia Demikadze vor einer der doch geheimnisvollen Türen anhält, ahnt er, was nun kommt und ist gespannt, wie's den Venturini mitnimmt.

»Vielleicht werfen wir gleich zu Anfang einen Blick in unser Schmuckkästchen.«

Sie öffnet', tritt zur Seite und gibt den Blick frei:

»Voilà, unser ‚Salon Jaipur'. Wir haben Glück, es ist noch früh und die Luft ist rein.«

Venturini hatte sich vorgenommen, auf keinen Fall zu staunen. Aber er staunt.

»Ich habe ihn im letzten Jahr entworfen und eingerichtet. Der Jaipur ist sehr, sehr beliebt bei unseren Gästen. «

Der Raum, nicht einmal groß, aber komplett ausgeschlagen in hinterleuchtetem rotem Jaspis, Kamasutra-

Intarsien aus Elfenbein darin, Lichtschleier sinken durch Fenster, getönt in Blutorange, seidene Kissen überall, eingewebt darin erotische Szenen der himmlischen Schönheiten von Kajuharu, zentral ein Marmorphallus, umkränzt von tatsächlich frischen Blüten, im Winkel zierliche Räucherschalen auf Messingplateaus, vor einer Spiegelwand dann in allen Farben leuchtende Getränke in kristallenen Karaffen.

»Sie kennen das ‚Le Chabanais' in Paris, Herr Venturini? Nein?«

Giacinto, es ist kein Malheur, im Gegenteil, es ehrt dich.

»Das Chabanais ist die luxuriöseste Adresse der Welt für die erotische Phantasie der Elite. Wenn ich ehrlich bin, ist das Haus in der Rue Chabanais immer mein Vorbild gewesen, seit ich dort unter Vertrag war. Wir haben damals unseren ‚Salon Japonais' auf der Weltausstellung präsentiert und mit ihm eine Goldmedaille gewonnen. Ich denke, mit unserem ‚Salon Jaipur' haben wir das Chabanais noch einmal übertroffen.«

Yulia tupft ihre Worte federleicht daher.

Der Venturini richtet gerade sein Weltbild.

»Die Weltausstellung hat ein Bordell prämiert?«

»Nun, Monsieur, die wichtigste Ausstellung der Welt sah keinen Anlass unseren Salon Japonais als ehrenrührig anzusehen. Im Gegenteil, auch die seriöseste Presse hat bewundernd Artikel geschrieben.«

Und dann blitzt auch das kleine Mädchen in der Yulia auf:

»Sogar mit großen Fotografien.«

Rebzierl schmunzelt, Giacinto steht stumm, der Page schaut tröstend zu ihm hoch:
»Ich will Ihr Weltbild nicht erschüttern, Monsieur, aber schauen wir uns noch ein weiteres Beispiel an. Nicht um Eindruck zu schinden, Monsieur, ich möcht' nur, dass deutlich wird, dass man die Dekadenz auf die Spitze treiben muss, damit wir in der Bel Étage nicht über Champagnerpreise reden müssen. Bitte folgen Sie mir.«
Es sind nur wenige Schritte. Von Jaipur scheint's ein Katzensprung zu sein zur exakten Kopie des gotischen Beichtstuhls der Abbaye De La Trinité, Vendôme, Loir-et-Cher. Die Sündendeponie füllt den winzigen Raum fast zur Gänze.

»Bitte sehr meine Herren, dies ist der Sache entsprechend natürlich, ein sehr anspruchsvoller Pleasureground.«

Sie zieht den violetten Vorhang vor dem Türchen des Beichtstuhls beiseite und setzt sich auf den rubinrot bezogenen Platz in der Mitte zwischen die beiden kunstvoll vergitterten Beichtfenster rechts und links.

»Ich darf Ihnen leider nicht sagen, wer allein wegen der Confessio zu uns kommt, aber ich kann Ihnen sagen, dass der Raum sehr begehrt ist, vor allem bei Gästen, die großen Wert auf's Verbale legen.«
Rebzierl wagt die Frage:

»Und vor wem…, ich meine, wer ist der Beichtvater?«
»Nun, bei uns ist es in den meisten Fällen eine unserer Damen, die die entsprechende Rethorik außerordentlich anregend gestaltet. Übrigens hat sich auch einer unserer

Stammgäste auf die Anhörung und die Verhängung von einfallsreichen Bußen spezialisiert. Man kann sagen, er besucht uns allein aus diesem Grund.«

»Mein Gott,« Giacinto schämt sich, tatsächlich, er schämt sich, »was haben die Kerle eine Not.«

»Das sagen Sie, Monsieur, man kann es auch als ultimative Plaisir bezeichnen.« Sie verlässt ihr Plätzchen, verhängt es, schließt das Türchen und lächelt spitzbübisch. Man spürt, die Yulia ist in ihrem Element:

»Der britische Thronfolger, Sie wissen, Prinz Edward, ich würde ihn nicht als notleidenden Kerl bezeichnen, er kam, ich verrate kein Geheimnis, regelmäßig aus London nach Paris um unser Chabanais zu besuchen. Ein nobler Stammgast. Dirty Bertie, hat er sich da gern nennen lassen, hat da eine viktorianisch hergerichtete Suite gehabt. Mittendrin eine monumentale, aus reinem Kupfer gegossene Wanne, für vierhundert Flaschen Champagner. Seine Champagnerbäder, vorzugsweise in Begleitung einiger Damen des Hauses, waren Legende. Kein armer Kerl, wie gesagt, sondern ein ausgesprochen lebensbejahender Dandy aus bestem Hause.«

Der Rebzierl spürt, dass Giacinto hinaus will, lass' gut sein, Yulia, du hast ihn schon einmal bös' gemacht. Er muss hinaus, es ist bald aus mit seinem Benehmen.

»Sie haben mich sprachlos gemacht, Madame, Sie glauben nicht, wie aufschlussreich es bei Ihnen zugeht, aber ich fürchte, wir haben Ihre Zeit schon sehr lang in Anspruch genommen, unangemeldet, wie wir hier hereingeschneit sind. Jedenfalls danke ich Ihnen sehr, dass Sie uns

Ihr außergewöhnliches Konzept erläutert haben. Und wie anschaulich, Madame. Herzlichen Dank, sicher auch im Namen von Herrn Rebzierl, nicht wahr?«

Rebzierl nickt und zwinkert Yulia vertraulich zu. Sie scheint ein wenig irritiert.

»Aber bitte, meine Herrn, Ihr Besuch heut‘ war mir sehr lieb, vielleicht bringt er uns ja ein Stück‘l weiter in unserer geschäftlichen Belangen.«

Giacinto nickt verbindlich, Handkuss, freundliches Winken, Abgang. Von der Terrasse aus winkt sie dem Opel nach, Cigarette im Händchen, immer noch im Kimono, klein, zierlich, verschwunden.

Eine Weile spricht nur der Opel. Giacinto schüttelt den Kopf, seufzt:

»Was ist mit ihr? Was macht sie da? Kann sie nicht rechnen? Wie soll das funktionieren? Warum seift sie uns ein?«

Rebzierl ist kurz still, dann sagt er:

»Sie ist klamm.«

Jetzt ist der Venturini still.

»Sie braucht Geld, hat gedacht, sie macht es wie in Paris. Das Chabanais war das profitabelste Bordell Europas, eine Goldmine. «

»Aber hier ist nicht Paris. Hier gib's keinen, wie heißt er? Dirty Bertie! Dass ich nicht lache.«

»Na, mein Lieber. Solche Kunden gibt's überall.«

Er gluckst:

»Vielleicht heißen sie nur Boris, Janosz oder Karl-Wilhelm. Aber sie sind rar, die handverlesenen Belgier,

Russen, Vatikaner, die seltenen Vögel reichen nicht zum überleben. Sie ist halt weit vom Schuss. Und ihr Palazzo ist noch nicht bezahlt, der Balsam steht ihr vor der Tür. Selbst ich krieg‘ von ihr noch. «

Venturini beugt sich übers Steuerrad.

»Wieviel?«

»Sechstausend.«

»Glückwunsch, so gut wird Kunst bezahlt?«

»Wenn sie bezahlt wird. Die Sechstausend sind der Rest von Zwölftausend.«

»Hui, die Damen müssen ja saftig abliefern.«

»Na ja, Mischkalkulation, heißt das nicht so? Die sind aus freien Stücken da, quasi als Selbständige. Sie machen mit Yulia ein Geschäft: Yulia gibt Ihnen das Ambiente, Champagner, silbernes Besteck, illustre Gesellschaften, großes Flair, Niveau bei Tisch. Dafür vermieten sie der Yulia ihre Klasse, ihre guten Namen, Fleisch, Geist, Unterhaltung. Sie leben von Yulia und Yulia von ihnen.«

»Verrückt. Aber was will sie dann von mir?«

»Kapital, dein Geld, den Namen vom Venturini, deine Suiten, dich als Compagnon und - die eine oder andere Dame bei dir abladen.«

Venturini lacht.

»So ein Arschloch! «

Schall und Rauch!

Der Mincu hatte acht Wochen Zeit gehabt sich unter Verschluss zu erinnern, welch eine Freude das Feuermachen ist. Jedesmal hat es seiner Sache gedient und sein Herz erwärmt. Mincu hat das vom Hitzendorff eigenmächtig verordnete Gefängnis genutzt, um die fällige revolutionäre Entscheidung zu treffen: Ob ein Feuer im Büro der Chefin vom Venturini ein wollnwirmalsagen sinnvolleres Feuer ist als das Abbrennen der Remise von seinem alten Ausbeuter. Da steht der Opel. Dass die Schwarze den Mincu gefeuert hat, spricht für das Büro der Handlangerin des Alten. Dass der Opel das Benzin zum Brennen schon mitbringt, spricht für die Remise.
Zwei Wochen hat der Mincu gebraucht, sich für den Opel zu entscheiden. Er hat sich die schöne Explosion ausgemalt, so etwas hatte er noch nie.

Der Arsenie Mincu macht es, wie er es immer gemacht hat, er zündelt sich sein Geburtstagsgeschenk.

Den Venturini müssen sie vom andern Ende der Stadt aus der Monatsabrechnung im ‚Alltag' herbeirufen. Zum Glück ist er mit dem Landauer unterwegs, mit seinem beiden Rössern ist er schneller als sein Opel, der auf ein neues Kupplungsgestänge wartet und in der Remise steht.
Dem Venturini bleibt das Herz stehn, als er ankommt. Schwarzer Rauch und fauchendes Feuer dringen aus seiner Remise, die gleich ans Hotel grenzt. Die Straße ist abgesperrt, hier läuft, an Giacintos Nase vorbei, eine

lächerliche Eimerkette vom Teich hinter Hannah Gliks Schulhaus zum Brand. Das Tor ist weg, das große Fenster aus den Angeln. Die Eimer kommen halbleer vom eiligen Laufen. Ein Wasserschlauch ist löchrig, ein zweiter zu kurz, der Hydrant zu weit, der Notbrunnen schon leer, das Wasser vom Stadtgraben unerreichbar hinter dem Wall, die Dampfspritze steht, war gerade zwei Mal gefüllt, da klemmte die Druckstange. Die beiden Rösser sind in der Deichsel gestiegen, haben vor dem Rauch und der Hitze gescheut und keinen herangelassen, bis zwei Holzknechte, die sich auskennen, den Rössern aufs Maul schlagen, dass sie Ruhe geben, sich aus der Deichsel lösen lassen. Tief in der rauchenden Remise steht der Opel. Da ist kein Rot mehr, da ist alles schwarz. Der Tank ist explodiert, das Dach in die Luft geflogen, mit ihm die Tonne mit dem Diesel. Das Hotel ist noch heil, aber die Schwarze ist von Stockwerk zu Stockwerk, hat alle Türen aufgerissen, hat alle, die da waren aus dem Haus geholt. Mit den Gästen hat's Geschrei gegeben, weil manche partout noch Koffer packen wollten. Der Oblak ist die Gästeliste durch, hat Schlüssel gezählt und Entwarnung gegeben. Gäste sind mit mit Koffern und Kleiderbündeln durch die Gassen geirrt, die Männer der Feuerwehr schreien sich an, jeder will befehlen, keiner mag gehorchen. Zwei Dachdeckergesellen und ein Tischlermeister setzen eine nasse Leiter an, sind die einzigen, die sich ans Dach wagen, um den First mit Haken einzureißen, damit das Feuer rechts nicht ans ‚Venturini' und links nicht an die Apotheke vom Szepp übergreift.

Man hat die ganze Nacht hindurch löschen müssen, am Schluss war sogar noch eine zweite Spritze aus Radauz angekommen. Geraucht hat es in den Ecken noch zwei Tage. Die Polizei hat Untersuchungen aufgenommen. Der Mincu hat darauf ein neues Plakat gedruckt.

Soldaten und Wäscherinnen.

Nicht nur in Czernowitz ist der achtundzwanzigste Juli neunzehnhundertvierzehn ein unerträglich heißer Tag. Selbst aus Finnland sind vierunddreißigkommafünf Grad gemeldet. Zur besonderen Erfrischung zieht die Infanteriezug der Garnison am Mittag nach dem Exerzieren zu einer freien Badestunde hinunter an den Pruth. Anzug vor Ort: Unterhose. Das war gut gemeint, aber die Kleiderordnung ist nicht einzuhalten, die weiträumigen Hosen rutschen im Wasser schnell auf die Fersen, vollgesogen, sind sie vom schwachen k.u.k. Gummiband nicht zu halten. Bald planscht die vergnügte Truppe vollzählig unbekleidet und der Wachhabende drückt beide Augen zu. Nicht aber die Wäscherinnen von Czernowitz, die in bester Sichtweite ihre Arbeit tun. Taten.

Die Frauen machen Geschrei, kein entrüstetes, eher ist es ein Gequietsche, Gekicher, lautes Gelächter sogar, weil manche Kerle selbst in den segelgroßen Unterlappen bessere Figur machen würden als ohne.

Der Wachhabende schreitet ein, in der Hand ein Papier, ein Plakat.

Mit großem Ernst und so laut er kann befiehlt er die Männer aus dem Wasser, ordnet vorher noch rechtzeitig an: »Unterhose!«
Als alle Aufstellung nehmen und es ganz still ist, bleibt auch der junge Ungar noch einen Moment still, schaut jeden einzelnen an, ruft trotz der Stille scharf »Ruhe!« Dann ruft er es zum zweiten Mal »Liniste!«, das ist rumänisch und ein drittes Mal »Cichy!«, das ist polnisch.

So, jetzt hat's jeder im Zug verstanden.
Langsam, feierlich und so klar, dass auch die Wäscherinnen jedes Wort hören, trägt er in der trägen Sommerstille vor, was sein alter Kaiser heut' auf das Plakat hat schreiben lassen:

An meine Völker!

Es war Mein sehnlichster Wunsch, die Jahre, die Mir durch Gottes Gnade noch beschieden sind, Werken des Friedens zu weihen und Meine Völker vor den schweren Opfern und Lasten des Krieges zu bewahren.Im Rate der Vorsehung ward es anders beschlossen.

Die Umtriebe eines haßerfüllten Gegners zwingen Mich, zur Wahrung der Ehre Meiner Monarchie, zum Schutze ihres Ansehens und ihrer Machtstellung, zur Sicherung ihres Besitzstandes nach langen Jahren des Friedens zum Schwerte zu greifen...

... der junge Offizier liest noch lang weiter, fehlerlos mit seinem schönen ungarischen Akzent. Aber kaum einer im Zug hört noch zu, sowieso verstehen nur wenige das Deutsche über die wichtigsten Befehle hinaus. Das gebellte ‚Achtung' kennen Sie ja noch zur Genüge, aber schon das vertrackte ‚Augen rechts' verlangt von manchen, dass sie endlich lernen, wohin der Kopf sich zu wenden hat. Wie dem auch sei, alle wissen: Die Wasserschlacht im sommerlichen Pruth ist zu Ende, es wird jetzt andere Schlachten geben, weniger lustige.

Das Mädchen im Wäschekorb.

Seit einem Monat hat sich die Paulina nicht mehr malen lassen. Dem Rebzierl hätt's nichts ausgemacht, aber Paulina hat gesagt, es schickt sich nicht im Neunten den reifen Bauch herzuzeigen. Bis vor einer Woche hat sie noch Zimmer und Bäder gemacht, dann hat die Chefin es verboten. Sie hat auch keine Milchkannen mehr tragen dürfen und durfte nur noch zwei Stunden beim Plätten helfen. Dann hat die Chefin gesagt, sie soll sich in den Garten setzen und es gut sein lassen. Sie hat da im Schatten unter der Kastanien Ribisln gerebelt, immer mal ist jemand kurz vorbeigekommen und hat mit ihr getratscht. Der Pfau hat ihr Mohntorte bringen lassen, aus der Küche ist Kaiserschmarrn gekommen, Himbeerwasser, Topfenbrot. Alle haben sich sehen lassen, bis auf den Beitel. Sie weiß genau, dass sie ihn abschreiben kann, aber sie sagt es nicht. Wenn's ein Junge wird, hat sie im Stillen gesagt, wird er Friedel heißen. Glücklicherweise ist es ein Mädchen geworden. Am neunundzwanzigsten Juli 1914 ist es im ‚Venturini' geboren. Es ging so schnell, dass die Paulina kaum aus dem Garten kam und die Chefin den Doktor Landauer rufen konnte. Als der ankam, hatte Leos Mutter das Kindchen schon auf zwei ungeplättete Bettbezüge gelegt, in den Wäschekorb, neben die Paulina, im Bügelzimmer.

Ende

Ebenfalls von Bernd Hagenbusch:

»Die schöne Frau Balsam«

Welcher Teufel reitet eine faszinierend schöne Frau, Mutter dreier allerliebster Kinder, vergötterte Gattin eines erfolgreichen Bankiers in eine solche Affäre! Wie kann aus solcher Idylle alles ins Drama rutchen und am End' doch eine Komödie sein.

Vielleicht das Schönste an der Geschichte:

Der eigenartige Ton, in dem sie sich beinahe wie von selbst erzählt.

»Die Gabe des Orlando Fuchs«

Literarisch anspielungsreich und faktensatt, fantasievoll und fundiert, eine weit über das rein enzyklopädische Wissen hinaus gedachte Geschichte vom Verhältnis zwischen Mensch und Tier, Katzen im Speziellen. Weltgeschichte auf vier Pfoten.

Westdeutsche Allgemeine Zeitung

ISBN 978-3-8187-2456-6
9 783818 724566
www.epubli.com